最美的遇见

钟娴 著

新世界出版社
NEW WORLD PRESS

图书在版编目（C I P）数据

最美的遇见 / 钟娴著 . -- 北京 : 新世界出版社，2017.8

ISBN 978-7-5104-6377-8

Ⅰ . ①最… Ⅱ . ①钟… Ⅲ . ①都市小说—中国—当代 Ⅳ . ① I247.5

中国版本图书馆 CIP 数据核字 (2017) 第 199710 号

最美的遇见

作　　者：钟　娴
策划编辑：张铁成
责任编辑：佟　萌
责任印制：王宝根
装帧设计：魏芳芳
出版发行：新世界出版社
社　址：北京西城区百万庄大街 24 号（100037）
发行部：（010）6899 5968 （010）6899 8705（传真）
总编室：（010）6899 5424 （010）6832 6679（传真）
http://www.nwp.cn
http://www.newworld-press.com
版权部：+8610 6899 6306
版权部电子信箱：frank@nwp.com.cn
印　刷：北京天宇万达印刷有限公司
经　销：新华书店
开　本：880mm × 1230mm 1/32
字　数：148 千字 印张：7
版　次：2017 年 9 月第 1 版 2017 年 9 月第 1 次印刷
书　号：ISBN 978-7-5104-6377-8
定　价：36.00 元

序言

我的人生注定就是这样：生命不息，折腾不止。和我的外贸职业生涯一样，写作的过程亦是跌宕起伏，峰回路转，虽然我只是个业余写作者。

从事外贸工作十八年，历经国际贸易风云变幻。外贸路上的艰与险、情与爱，有自己的、有他人的、有关个人荣辱的、有关国家利益的，因此若不留文字记录，定会临老抱憾。

前两本书（散文集《绽放——一个外企女白领的人生感悟》和游记散文集《停不下的脚步》）过多着墨于一种近乎空灵的自我陶醉，我个人亦觉其或多或少显酸腐之气。而在《停不下的脚步》的创作阶段，我就在酝酿着下一本书，于是，《停不下的脚步》的如期发行，不仅没能让我停下脚步歇歇，更让我的手也停不下来。趁创作的激情仍在澎湃，趁写作的灵感不断迸发，我快马加鞭，一鼓作气，完成了这本小说。

写作需要安静的思考和持续的时间，和在工作之余写前两本书不一样的是，我毅然决然辞职专心创作这部作品。虽然我年已不惑之余，不过工作没了，可以再找；但激情没了，就再也找不到了；灵感丢了，就再也寻不回了。因此很多朋友都觉得我为此付出了很大的代价，其实我倒不这样认为，因为，我实在太享受写作的过程了。心潮涌动地想，激情澎湃地写，荡气回肠地读。我常常写着写着就进入了角色而无法自拔，回不到现实，有时竟不禁泪流满面；写到如痴如醉时，会忍不住要喝两杯酒，因为微醺状态下的笔调会更流畅洋洒。

在此之前，我没有看过有关于外贸职场的情感小说，只是偶尔在影视剧里略看过一些相关片段和情节，但感觉和我们真正从事外贸行业的人的现实差距太大。于是，我决定要写一部有关外贸职场现实故事的小说。我希望这本书是第一本由从事外贸的人写的反映外贸工作人员在现实时代背景下的真实写照的作品。我本人在外贸实战中一直主张并力求做到不卑不亢、不骄不躁、平等合作、相互尊重，展现自我形象和素质，维护公司和国家的尊严。这些，在小说女主角林媗身上表现得淋漓尽致。因此，我也借由这本书来抒发外贸工作者的心声，增强在与世界各国贸易往来的过程中的民族自豪感。

我热爱写作。但，写作不只是眼前的享受，还有更多的艰辛——其艰辛并不亚于体力劳动，需要有坚强的毅力，充足的时间和精力。为此，我必须首先要规划好时间：每天六点起床晨耕，直到笔下满是阳光。写作的过程，其实就是梳理人生的过程。回眸，发现自己的人生竟如此绚丽多彩，走过的这条外贸之路竟如此熠熠生辉。

写作最痛苦的莫过于词穷。满脑子丰富的故事情节急于铺展，却常苦于找不到合适的字词语句来表达和描述，因此经常是殚思竭虑、苦思冥想，随后又豁然开朗、茅塞顿开。就这样，在无数次的苦乐交替中，故事也越来越清晰动人。

这部作品在结构构思上虽说不上匠心独运，但也可谓是非同一般，因为全文结构紧凑，章节之间环环相扣，密不可分，但每一章节又可以作为一个独立的部分，成为一篇单独的小故事。章节虽短小，但别致新颖，可分可合、可拆可卸。我不愿为了吸引读者的眼球而刻意制造曲折离奇、悬念迭起的故事情节，在书中呈现给读者的更多的是荡气回肠的情义展现和撼人心魄的心灵解读。

我是个浪漫的外贸人。外贸路上一路披荆斩棘，亦从未阻挡过我那颗浪漫的心灵。于是，在这条路上铺满了浪漫的情调是必然的，小说里充满了浪漫的情怀亦是必然的。

从构思三天到下笔千言，从研精覃思到文思泉涌，最后笔扫千军、一气呵成，由始至终用时一个月完成初稿。审稿和定稿，当然也是随后的重要工作。在写作初稿的那一个月里，我废寝忘食地写，夜以继日地写，所幸耗时并不长，不然作为专门辞职写书的业余写作者，写完这本书就真得喝西北风了。更有幸者，有不少外贸企业在我写作期间静静为我守候，冒着聘用我这样不安分之人的风险，赋予我极大的热情，诚邀我写作完毕之后共谋发展大计。这也与当初我辞职写作时的心态不谋而合。

我要感谢外贸工作十八年的云和月，让我走过如此丰富的人生旅程，感谢在旅程中遇到的所有人和事，让我成长、让我坚强。我还要感谢自己，一直把这些人生经历视之为宝，小心珍藏；感谢自己对外贸事业的热爱从未因光阴荏苒而退减过一丝一毫，对写作的激情从未因岁月流逝而降低过一点一滴。

谨以此书，献给中国所有从事国际贸易的人们!

钟娴

2017 年 4 月 10 日于广州

目录 / contents

第一章

老娘不干了！

悦城，这个位于中国国际大都市前四的南方某省会城市，正像往年一样经历着温暖如春的冬天。在悦城市区西南角，有一个充满异域风光的小岛——挹翠岛，岛上矗立着几百座上百年历史的西式建筑，在终年荫翳葱茏中散发着神秘的气息。一百多年前，这里曾是西方诸国在悦城的居地。而今，有着浓厚的历史沧桑感的挹翠岛也正散发着时代的气息，岛上除了有多国驻悦城领事馆外，还有来自很多国家的外资公司和机构，法国迪维埃全球采购集团公司的亚洲总部就在一栋三层的哥特式古楼中。

2013 年暖冬的一天下午，迪维埃亚洲总部的总经理——法国人埃德蒙正在和国际采购销售供应链上几个重要的部门经理开会，听取近期的工作报告。突然，一阵悦耳的音乐响起来，是埃德蒙的手机铃声，那首大家都耳熟能详的法语爵士布鲁斯《Besame Mucho》（《深情地吻我》）又飘然而至，埃德蒙像往常一样若无其事地接听电话。在法国公司工作过的中国人大致都能对法国人的性格和工作习惯有所了解。在他们眼中，大多法国人骨子里头都流淌着与生俱来的浪漫血液，但同时也有着天生的慵懒劲儿，这两种不搭的情愫就这样渗透在他们的工作中。他们毫不掩饰自己的浪漫和个性，迪维埃亚洲总部的法国男女员工每天见面互吻面颊，关系好点儿的还唇吻，在办公室里相互间挑逗撩拨也是常事。说起法国女人的性感大胆，迪维埃里的中国员工算是大饱眼福，有个别法国女同事夏天竟然穿着露脐小背心、包臀超短热裤、脚趿沙滩鞋公然上班，更有甚者竟挑战人们眼球所见的极限——不穿内衣，在满屋子衣着正常的中国同事面前晃悠。所以，每到夏天便是中国男同事身体各种不适的高发期，不是接二连三地流鼻血，就是莫名其妙地脸上长痘。

销售部总监林媗蹙了蹙眉，她喜欢蓝调，但她不喜欢法国人在工作中不恰当的不拘小节，比如她的老板埃德蒙总旁若无人地在开会时接听电话。她曾建议埃德蒙在开会时把手机调到静音以尊重与会者，但埃德蒙总是耸耸肩，不以为然。如果说法国人骨子里头有股天生的优越感，那么埃德蒙就是其代表，他喜欢摆出一副在中国扶贫济弱的救世主的姿态。在与中国人交往中，总是不自觉地流露出一种种族的优越感，这也让骨子里头民族自豪感极强的林媗极为反感。她总是极力维护中国人的尊严，因此与埃德蒙有过多次关于伤害和保护尊严的交锋，但法国人天生不易记仇，他们经常前一刻和你怒目相向，下一刻却又笑着拍拍你的肩膀或揽揽你的腰。因此，但凡有点儿个性的中国人在法资公司都是“名人”。也正是林媗的这种不卑不亢、敢怒敢言的个性，让埃德蒙对她刮目相看。林媗认识很多真正由内到外体现浪漫和优雅的法国男士女士，他们对中国人非常自然地友好和尊重，因此林媗有时会产生她的法国老板和几个法国同事在法国是异类的感觉。

没有任何迹象表明，那一天是林媗在迪维埃工作的七个年头的终结。

埃德蒙接的是来自法国的电话。林媗略懂法语，大概听懂是一位法国客户——也是埃德蒙的朋友——电话投诉他的一批货物品质不好而遭他的客户退货。林媗知道他们说的那批货，是经客户委托的验货行检验合格的，怎么就有问题了呢？

就在林媗纳闷之时，突然埃德蒙说了一句话，让她立刻心收紧、脸绷直。也是这句突如其来的法语，让林媗接下来做出了那个震惊迪维埃的举动。

林媗清清楚楚地听见她的法国老板埃德蒙对着手机说："那群中国猪，老是把事情办糟！"脸上满是鄙夷和气愤。

在林媗的记忆中，七年里，无论多少次听见埃德蒙抒发对中国人的不屑和鄙夷，都绝没有这次的侮辱性语言如此堪比天降灾难。他以为他说此言便能安慰电话里万里外觉得被中国人欺骗而受伤的朋友，以为眼前围着他的这些中国人都听不明白，但他在转眼望向他们的时候，却分明看见了他的销售总监林媗正怒目圆睁地盯着他。Ohlala，又是她！对，我忘了她听得懂法语。

埃德蒙似乎一直不愿放下手机，当他不得不放下手机的时候，有点儿尴尬，想借机出去一下，但这时林媗已经站起来，愤怒地对埃德蒙说："埃德蒙，你必须对你刚才说的话做出解释并道歉！"

一直在等着老板打完电话继续开会的其他几位经理无比诧异地看着

林媗，大家只知道林媗和他们一样都在等待，但却不知道她听到了什么。

埃德蒙习惯性耸耸肩，有点儿不高兴地对他这个做事一向不依不饶的下属说：“你看，如果你听到我说了什么，那只是一句玩笑话，别放在心上。”

林媗一听这话，韧劲也上来了，目光如炬，瞪着埃德蒙，厉色疾言道：“玩笑话？我也说句玩笑话说法国猪把事情办糟了，你听了如何？”

其他几位经理终于明白了，其中两位立刻对他们的老板怒目相向，而多数则选择了沉默。他们已经习惯了这位不时爆出侮辱性语言的法国老板，但他们觉得自己虽是部门经理却身轻位微，即便敢怒敢言也改变不了什么，弄不好还会丢了工作，所以一般情况下总是选择明哲保身。对他们来说，在外企，尊严不尊严的就那么回事，外企优厚的待遇和舒适的工作环境比尊严更重要。

埃德蒙其实一直很欣赏林媗的不卑不亢，这么多年对林媗对他的言论的驳斥也不甚在意，但这次，他看着让他下不来台的林媗，感到受到了这个中国女下属的挑衅。他火了，撕下了平日在人前的法国男人优雅的风度外衣，冲林媗吼道：“我就是说你们中国猪了，你能把我怎么样！”一副蛮横跋扈的样子。

所有人的目光都注视着林媗，刚才还对埃德蒙怒目相向的那两位经理也不作声了，他们都嗅到了浓浓的火药味，也预感到接下来可能会发生出乎意料的事情，但绝然想不到是什么。

林媗悲哀地看着这个在中国挣钱却对中国人大不敬的法国老板。是啊，她，即便被视为贵为一个法国公司的销售总监，她除了敢怒敢言却也无力改变中国人被法国老板羞辱的事实，而她的义愤填膺并没有换取埃德蒙的悔意和道歉，反而更激发了他的傲慢不逊。她在七年里的孤独抗议，似乎在一瞬间被激到了顶点，她感到胸腔里的火种被点燃，正越烧越烈，正以一种锐不可当之势爆发出来……

“老娘不干了！”林媗在那团烈火从自己的胸腔里喷发出来的那一瞬间，“啪”地拍着埃德蒙面前的桌子，向他吼出了那句话。

所有人都惊呆了！足足有十几秒，会议室里死一般沉静。埃德蒙呆若木鸡地看着林媗，觉得她疯了，竟然敢拍他的桌子，还说了一句他听不懂的话。他略能听懂几句中国话，但这句他绝对听不懂。

在座的人可以说是被这阵势吓傻了。他们平日多少都见识过林媗的强悍，但眼前这种失控到近乎疯狂的状况，他们还是第一次见识，他们看着义愤填膺的林媗和呆若木鸡的埃德蒙，不知该说什么和做什么。

直到林媗在一屋子人的注视下冲出门外，埃德蒙才回过神来，他忙问在场的其他中国下属刚才林媗对他说的“老娘不干了”是什么意思。他那已经被林媗的怒喝惊呆了的中国下属支支吾吾，不知所云，这更增加了埃德蒙的好奇心，他立刻打电话给他的一位中国翻译朋友，准确地得知了“老娘不干了”的意思。这个傲慢的法国男人当即有种当头一棒的感觉，他在中国工作七年，第一次遇见如此凶猛的下属，他不仅感到被冒犯了，还觉得一贯的优越感受到了挑战，他当下觉得既然“老娘”不干了，自然不必挽留，于是很快在林媗后来递交的辞职报告上签了字。

在他眼里，林媗是个不可多得的工作能力极强的下属，但在悦城这个人才济济的国际大都市，少了个林媗又算得了什么，她以为她是上帝吗？甩一句狠话，我还没发威，她还来劲了，还辞职！哼，不知有多少人望穿秋水想进来！埃德蒙再一次被中国文字雷倒了，他实在想不明白，不干就不干了，跟老娘有什么关系？

“老娘”并不老，时年三十二岁，已在外贸江湖摸爬滚打十年。从在外企的小跟单一路打拼，一直做到令人艳羡的法资公司的销售总监，享受着优厚的待遇和一般女孩无比向往的工作环境和氛围，还不时出国公干培训。然而，这些，都瞬间止于她那一句“老娘不干了”。

“老娘不干了”，很快便一传十、十传百地在外贸江湖传开了。首先，在迪维埃内部，多数中国同事内心是支持林媗的，她表达了他们多年来不敢表达的对受到的歧视和不公平对待的愤怒，传递了他们的心声；但他们也表现出了人在江湖的无奈，不敢怒更不敢言，把对林媗的敬佩之情藏在心里而不敢表露，毕竟，在一家国际集团公司谋职，很多时候个人利益比尊严更重要、更现实。对于他们的中国上司在他们的法国老板面前愤怒拍板，他们并不站在任何一方，没有什么比保住自己的饭碗和颜面更重要，所以一个在外资公司维护中国人尊严的上司的离开和一个也许圆滑世故的新上司的到来，对于他们来说都一样。

外贸界对“老娘不干了”也众说纷纭。一些富有正义感的新老外贸人大声为林媗叫好，在外贸论坛上发表支持林媗的言论。一些中庸派则倾向于凡事应多考虑后果和双方当事人的利益而三思而行。可是，若凡事都经三思而行，也就不存在诸多的情感表达了不是吗？如果人为维护最起码的尊严也要三思而行，那就没有尊严可言了。

对于因自己的一句怒言而引起悦城外贸界沸沸扬扬，林媗一直保持沉默。她既不后悔，也不做进一步的解释。那句狠狠甩给法国人的话，已经说明了一切，无需多言。于她而言，她在如此非常状态下爆发出的这句“老娘不干了”绝非冲动亦非偶然，那是种族歧视与维护尊严较量的巅峰，那是她向七年来中国人受尽法国人歧视的告别，那是她每天看到埃德蒙办公桌后墙上赫然挂着的那幅法国人在挹翠岛肆意妄为的巨幅油画而心灵备受煎熬的结束。

Adieu，De viat！（别了，迪维埃！）

第二章

我想见“老娘”

离开迪维埃的半个月来，林媗几乎天天泡在图书馆里。她想让自己放空一段时间，不想工作的事情，去图书馆看想看的书，重温当年在大学泡图书馆的感觉真好。周末照常和男友何逸骁约会，何逸骁也未觉察有何不妥。对林媗来说，放弃外企高管的职位和优厚的待遇，如同扔掉一条穿久了而毫无感觉的裙子，扔了一条再置一条更好的就是了。所以，这些天，林媗一直平静如水。适时放空归零，是为了更好的开始。

一个冬日暖阳的午后，在图书馆餐厅吃了个便饭后，林媗又返回原位，继续看那部已被搬上银幕的青春文学《原来你还在这里》的下册，正沉醉在程铮和苏韵锦这对冤家终于情之所归的喜悦中时，感到身后手袋里的手机在振动，是个陌生的来电。林媗压低了声音接听电话。对方称是方达集团公司的人力资源部打来的，邀请林媗明日下午三点去面试。林媗礼貌地回复了对方并欣然接受了邀请，但心生疑虑：方达集团她是知道的，是悦城男士个人护理产品进出口贸易老大，其老总是以青年才俊的高富帅而出名，听闻不少女孩慕名追到公司，可自己从未和方达集团打过交道，且离职后她并没有投递简历，怎么……？不管怎样，去见识下也好。时下正值民企的春天，中国中小外贸出口企业发展势态良好。

林媗想为民族企业贡献力量的想法越来越强烈，只是没想到步伐是被她曾经的法国老板加快了，更没想到机遇在她离开外企后不久就不寻自来。

第二天下午，林媗出门时顺便把借阅的《原来你还在这里》下册揣进了拎包里。

两点四十五分，刚从外地赶回来的方达集团董事长方博超从电梯出来进入大堂时，等候区里散坐着的都正在看手机的三男两女不约而同地抬起头，把目光注视在方博超身上——这就是传说中的方达集团那位年轻有为的高富帅董事长吗？唯有一位女子捧着本书在静静地看着，没有抬头。

方博超走进自己的办公室，秘书程可随即冲了杯咖啡端过来。方博超向程可笑笑，说："把外面看书的那位女士领进来，我直接面试，告诉一下张经理。"程可微笑着说："好的，方总。"心里想：难道又是特招？

说起特招，也是方博超的绝招。方博超不喜欢千篇一律面对面坐着面试，他觉得那样死板单一，并且不能真实高效地选拔所需的人才。他喜欢通过某种实际发生的事情来做初步判定，比如他在三年前亲自蹲守在地铁站旁，观察来来往往各色行人。有一天他看到一个清纯可爱的女孩停下匆忙的脚步，从包里掏出一张面额五元的纸币，轻轻放在一位衣衫褴褛的老年乞讨者面前的碗里，并向他笑了笑，笑容里有怜悯，还有尊重。就在那个女孩转身快进入地铁口的时候，方博超迅速站在了她的面前，递给她一张名片，微笑着说："你好，如果你愿意，欢迎你到我们公司来发展。详情请上我们的网站了解。谢谢。”那女孩一脸错愕地看着突然出现的这个高大帅气但不令人讨厌的男人，当下觉得应该是什么直销公司的人吧。直到三天后，女孩清理包包的时候看到那张名片，便好奇地上了网站查看，这一查看不要紧，竟改变了她的人生轨迹。那个女孩，就是程可，方博超的秘书。

说起这个方博超，也算是奇葩一朵。他来自悦城一个军队高干家庭，有着良好的家教和殷实的家境，可在德国留学四年却不务正业，整天跑市场和商超。后来，倒腾着从中国购进在德国罕见的新鲜玩意儿，转手卖给他铺好路的小市场和商贩。再后来，竟和一两个商超联系上了，在德国期间竟没花过家里一分钱，他也成为在德留学生初步创业并小有成就的典范。不知是天赋使然还是上帝助力，最后竟神奇般地以优异的成绩毕业，回国后迅即创办了悦城第一家与国际接轨的男士个人护理用品外贸公司。先是出口到欧洲，后来业务迅速发展到全球，三年后开办了自己的工厂。聘请英国设计师，对从国内采购的优质男士护理用品重新组合包装，并自行生产一部分产品，很快便酝酿创立自主品牌。一家企业对外散发出的其实是企业主自身的光芒，这话很有道理。

当方达外贸出口蒸蒸日上时，当初方达成立时就与方博超一起打拼的外贸总监辞职回家生孩子，并准备当全职主妇。因为方博超的用人要求极高，这个职位一直空了有半年之久，直到江湖传闻“老娘”的英勇事迹，一向想人不敢想、做人不敢做的方博超当即有个想法：我想见“老娘”。于是，他安排人力资源总监张琳娅去调查了林媗的背景后，便决定直接约她来见面。

“老娘”并不老，看不出她实际年龄，估计不到三十吧。一头披肩长发下是一张线条柔美的瓜子脸，高挺的鼻梁，脸上嵌着一双深邃的大眼睛，表情静柔。耳垂吊着的一对银色玫瑰花耳坠很是抢眼，身着雪白的敞领紧身白毛衣和墨绿色呢子百褶长裙，腰间系一条细细的黑色腰带，脚穿一对款式新颖的白色细跟皮鞋。隔着宽大的办公桌，方博超闻到了一丝若有若无的香水味，淡雅飘渺。真人版“老娘”就在眼前，端坐在对面，完全颠覆了他对其何其彪悍的想象。

优雅静美，是“老娘”给方博超的第一印象。互打招呼后，不知何故，方博超内心闪过一丝的慌乱，但随即故作冷峻，说：“能告诉我你刚才看的是什么书吗？是职场攻略类的吗？”

尽管林媗并不知道方达集团这位年轻少帅在人群中多看了一眼当时正在看书的她，这个问题听起来还是稍有点儿讥讽的意味。林媗说：“我不看职场攻略的书，我刚才看的是青春言情小说。因为来早了，看看书打发时间。”

来面试还看青春言情小说，这倒是让方博超始料未及，同时心里不免一乐：这个年纪的人，还看这些书。这样想着，下一个问题也问出了口：“是在缅怀青春吗？”

林媗淡然答道：“没有想到缅怀啥，就是想看。”

稍有点儿无趣的问答。方博超的下一个问题：“听说你从事外贸十年了，那么对于供应链信息，你应该有很丰富的资源可以分享，这也算是资本，尤其是来到一个新的环境。”

林媗的回答大大出乎方博超的意料：“很抱歉，我不能，我没有从原来的公司携带任何资源信息的习惯。到了新公司，我只能一切从头开始。”这是方博超这些年问过N个求职者或新员工同样的问题而最让他满意和听着舒服的回答。其实，打心底里，方博超压根儿就没想获取别人的信息资源，他只是想听到最真实的回答，并从回答中做出某种初步判断。而林媗也很清楚，凭借她多年来与全国各地的供应商建立起来的良好的合作关系（有些甚至已经成为朋友），很快，这些供应商朋友将陆续与她联系。这就是用共赢互利、真诚平等换来的人脉资源。

“当你和公司产生不可调和的矛盾冲突时，你是不是会和公司叫板，拍屁股走人？”方博超提出这个尖锐的问题，显然是针对林媗著名的“老娘不干了”的名言。和任何一个老板一样，方博超也不希望员工不爽就和公司叫板，然后拍屁股走人。

“我不是冲动的人，我遵循做人做事的底线，如果突破了底线，我不接受。另外，在人的尊严和利益产生冲突的时候，我只能选择尊严。不好意思，既然说到这，我想我必须诚实，我从上一家公司辞职，是我自愿主动提出的。因为我的前任法国老板说了歧视中国人的话，而我不能忍受但又不能改变，我在老板面前拍了桌子，说了他不能接受的话。”这些，方博超当然是知道的，也是他想见见她的直接原因。外贸江湖消息之灵通，堪比经贸政策变化之速度。

林媗调整了一下坐姿，往椅子左边靠拢了一点儿，把左胳膊轻轻搭在椅子扶手上，右手搭在左手腕上。方博超问：“你坐着不舒服吗？”

“不是，只是调整一下，让自己更舒服一点儿。”林媗淡淡一笑，让方博超心动了一下。这时，他注意到这个“老娘”有着一双肉乎乎的白嫩的手，他不禁想笑。

“我这里人才济济，说说你的优势是什么，除了十年外企工作经验。”方博超的视线从林媗的手移开，直视林媗那双深邃的大眼睛。

沉吟几秒，林媗说：“我觉得其实我也没什么优势，就是比别人有担当一点儿，比别人有责任感一点儿，还有比别人耐心一点儿、细心一点儿，还有就是，也比别人傻一点儿。”方博超笑了，他喜欢这个回答。

接下来林媗就方博超提出的对外贸总监的职责做出了清晰的阐述，阐述中有些职责是方达这些年对这个职位并未认知清晰的，因此他不得不从内心赞许。

方博超一向是个爽快人，直接就问：“我们公司和合适的员工一直都签五年的劳动合同，你觉得没问题吧？”在就业形势严峻的当下，这个问题似乎有向刚失去工作的这个三十多岁的“老娘”伸出橄榄枝之意。方博超满以为林媗会欣然接受。谁知，这个不知好歹的林媗的回答竟让方博超哑然：“五年，这么长时间？”

方博超直截了当：“外贸总监，工资给你原来的翻一倍，五险一金，双休，上班时间朝九晚六，节假日按国家规定，你，什么时候到岗？”本来这些应是人力资源部的职责，不想却被方博超不小心超越职责和提前破格决定。

其实，阅人无数的林媗打心底里喜欢真实直爽的人，眼前这位年轻帅气的董事长让她心生好感，只是没想到他竟如此爽快直接并如此快就决定录用她。

方博超没忘补充一句：“当然，还有，试用期三个月。”

但林媗很快的回应却让他语噎：“既然方总当下就决定录用我，说明你有眼光。我想我也不需要试用期，能力是本能的、自然的，不是试用出来的。”他除了心里悦服，还能说什么？但他还是解释说要知会人事部门。林媗那线条优美的脸庞上搭配匀称的五官，还有优雅自然的坐姿，缓急自如、悦耳的声音，方博超在那一刹那竟有一丝错觉，不相信这样睿智的话语竟出自这样优雅的女人之口。

还没完，方博超突然用英语问：“我希望你能尽快到岗。下周一可以吗？”求贤若渴的节奏啊。

林媗仍是淡淡一笑，用和她一样优雅的英语回答：“我这些天都待在图书馆看书，请允许我再多待几天，这样的时光很美好也很不容易，上班后也许不会再有。如果可以，两周以后吧，谢谢。”方博超彻底折服，并且，从心底里真心喜欢上了这位比他大四岁的“老娘”。这种喜欢，当下的方博超并不完全清晰，也许是一个他从未见识过的优雅成熟女子特有的魅力，也许是林媗那来自骨子里头的坦荡、坦诚和她眼眸里散发出的睿智的光芒。简单说，初次见面，这个“老娘”很对他胃口。

在林媗道别转身淡淡一笑之际，方博超做出了一个决定。

性情中人的方博超在林媗离开后久久都不能平静，满脑子都是林媗淡淡的笑和悦耳的声音。这些年，很久都没有这种感觉了，虽然追求他的女人不计其数。这个青年才俊，阅人并被阅无数始终没遇到心仪的人，却在与江湖传闻中的“老娘”的初见中不觉埋下了那颗原始的种子。

快下班时，人力资源部经理张琳娅被叫了进来。方博超告诉她已经定下录用林媗为外贸总监时，张琳娅惊讶得不知该说什么，接下来，她要按照要求发一份正式的通知函给林媗，发一份正式的任命函给公司全体员工，安排收拾好外贸总监办公室，准备两周后像迎接皇后一样迎接林媗入职。张琳娅是方博超的表姐，也是他公司里唯一的亲属。张琳娅曾是一家外企的人力资源部经理，是被方博超“请”来的。方博超的用人标准是：大海捞针觅贤能，不遗余力请傲骨。林媗属于后者。

第三章

穿上衣服，滚！

从方达公司出来，林媗拿出已调到振动的手机，发现何逸骁在两小时前发了好几条微信：

“宝贝，下班回巢吧，今天特别特别……想你。”

“我去接你吧？”

“我下班去买鳗鱼饭。”

这个坏蛋，还有一天就周末了，就耐不住了。好吧，其实我也挺想这个讨厌鬼的，林媗一边想着，一边回复微信：

“亲爱的，一直开会呢。” 林媗打算等正式到方达上班了再告诉何逸骁。

“我也想你，我自己坐地铁过来吧。”

“爱鳗鱼饭，更爱你。”

并发了一个调皮和一个吻的表情符号。

鳗鱼饭是林媗的最爱，百吃不厌，越吃越爱。她常向何逸骁打趣道：“看，一个人有多爱鳗鱼饭，就有多长情。” 何逸骁也很喜欢看着林媗享用鳗鱼饭的幸福样儿。

何逸骁是邻市滨城郊县人，大学毕业后在悦城一家合资企业从最底层的销售做起，一路拼搏，做到副总，目前年薪百万，已在悦城江畔买了一套一百多平方米的江景房。何逸骁身材中等，眉宇清秀，内敛稳重，对工作和生活的规划性很强，是个让人感到贴心、舒心、放心的暖男。除此之外，最吸引林媗的还有何逸骁那副磁性的嗓音。

两人相识于年终贸促会举行的新年酒会上，至今已有一年的时间了。何逸骁对林媗一见倾心，当下便展开了追求。当时的林媗刚结束一段与一位美国西部牛仔的跨国恋，正在疗伤期，对牛仔刻骨铭心的爱和失去爱的痛，让她无法马上再去接受一段新的恋情。何逸骁是个处事有度的熟男，他得知林媗爱吃鳗鱼饭，便隔三岔五在午饭前送一份鳗鱼饭套餐（有时也换别的花样）到林媗的公司楼下，趁机见见日思夜想的人儿。但从不刻意到林媗公司展现，这让林媗逐渐对其产生好感，并终于在认识四个月后的情人节接受了何逸骁的爱意。

那天，在鲜花簇拥下、在何逸骁的呵护下，林媗第一次来到何逸骁位于悦城江畔的家。何逸骁点燃了一支紫色玫瑰花形的蜡烛，紫色是林媗的最爱。在紫色的烛光里，这对有情人激情拥吻。林媗是个天性浪漫的人，但当被何逸骁抱进那间宽大的主人房时，还是激动得如坠梦境：紫色的落地纱帘在春天悦江轻柔的晚风吹拂下优雅地摇曳着，淡紫色的床罩上隐隐散发着幽幽的芳香，如梦幻一般。很显然，这些都是何逸骁精心布置的。在何逸骁温柔的臂弯里，林媗心醉了。在紫色的眩晕里，林媗和何逸骁的第一次如同一场完美的形体艺术：深情交融，自然释放，如胶似漆，缱绻缠绵。

林媗和何逸骁这对各自都经历过伤痛的恋人相遇于茫茫人海，彼此既激动又珍惜，而没有什么更能比性格上的相容和情感上的默契会让男女间身心相依。平日两人各忙各的，周末相聚厮守，日子在幸福中一天天度过。热恋中的林媗每天神清气爽，每一根神经都拉伸着热恋中的女人的幸福。似乎一切都很完美，但唯有一样东西让林媗每每想起都觉如鲠在喉。很多次，当两人相拥爱抚时，何逸骁总要喃喃地说："宝贝，你要是我的第一次就更完美了。"第一次听到何逸骁的喃语时，林媗怔了半天，不知如何作答，她以为何逸骁是被幸福和激情冲昏了头脑，觉得一个男人深爱一个女人才会那样说，也就没太在意。可是，当第二次、第三次，甚至更多地听到何逸骁重复那句话时，林媗开始觉得不对劲了。她便直接问何逸骁为什么那么在意这个，何逸骁总是边霸道地吻着她，边在她耳边轻轻地说："你知道我有多爱你吗？" 除了深深感受到何逸骁的爱，林媗能说什么呢？只能说何逸骁的占有欲太强烈。

在他们热恋半年后，何逸骁带林媗去见了他父母和两个姐姐。何家人均表示祝福，何家二老也流露出尽早含饴弄孙的期盼，希望尽早结婚，毕竟年纪都老大不小了，何逸骁比林媗大一岁。

在何逸骁带林媗见了家人后，多次提示想去林媗家。林媗老家在离悦城六百里外、三小时车程的山区小城——连城。林媗何尝不想带何逸骁去见父母，大半年的交往，林媗眼中的何逸骁成熟稳重，内敛平和，孝顺父母，工作勤奋，事业有成，精通理财持家，对林媗一往情深，呵护备至，关爱有加。这样的优质男，父母一定会喜欢得不得了。可一想起何逸骁呢喃在她耳根边的那句话，林媗心里不由犯了难。不知从何时起，只要一听到何逸骁说那句话，林媗就会起鸡皮疙瘩，也不知从何时起，林媗开始慎重思考何逸骁说那句话对日后如果他们结合后的影响。

林媗不是一个遇事抱怨的人。她爱何逸骁，她认为何逸骁是白璧微瑕，可当这点小瑕疵让林媗意识到必须要想办法解决这事的时候，她拨打了她最信赖的人的电话——她的高中同学、闺密、凤城一所大学的心理学教授章梅梓。果然是心理学教授，听了林媗简短的陈述，章教授直接告诉闺密，像何逸骁这种情况应属于处女情结，情况并不严重，林媗需耐心和他沟通，并注重在日常点滴生活中给予细致关爱，以转移并打消他的潜意识里的想法，而如果严重者，比如因此而发生暴力就应该及时看心理医生。

当林媗极尽温柔之能也无法拔除何逸骁潜意识里的这个瘤时，她开始说服何逸骁去看心理医生，却遭到何逸骁的强烈反对。何逸骁认为自己没问题，只是心底里藏着一个美好的愿望，而这个愿望的表达又难以抑制而已。可是当林媗问他有没有想过他的这个美好愿望其实是对她的一种伤害时，何逸骁无言以对。他们彼此深爱对方，他们从没有因任何事情产生过矛盾，唯有此事成为两人心中的隐痛，甚至还为此爆发过激烈的争吵。

时间就这样在深爱着隐痛着的纠结中过去了一年。收到何逸骁的甜蜜信息，林媗想起今天是他们相识一周年的日子。在路上，林媗买了一大束白玫瑰。

林媗把白玫瑰插在他们的紫色爱巢的桌子上的花瓶里，淡幽的花香和淡雅的紫色相得益彰。何逸骁从背后深情拥抱着林媗，他脸上短短的胡茬蹭着她的脸颊痒痒的，还有一股淡淡的剃须水的味道，撩得她心里痒痒的。

今天何逸骁买了两份鳗鱼饭，其实他并不太喜欢这东西，但他想和他爱的人一起共享爱的味道。一小碗开胃汤，一小碗冬菇蒸蛋，一碟沙拉，一小碟辣菜，一盘鳗鱼焖饭，还有眼前这个她爱的人，便是林媗的幸福。繁华喧闹的城市一角，靠窗临江的餐桌旁，这样一对幸福的人在美美地吃着晚餐，就着他们深情的爱。

晚饭后，两人手拉手在小区花园里散步，说说工作上的事，憧憬着未来。何逸骁是个对人生规划很强的人，他再一次要求林媗搬过来一起住，他可以想象得到他们在一起的生活一定会更和谐美好。其实林媗心里又何尝不想呢，可是，只要那个“第一次”的问题不解决，林媗便不想过早下决定。

情正浓，意正切。“任何一种快乐都不如肉体的爱来得更巨大、更强烈。”两千多年前，柏拉图就已如此准确地释义了男女之爱。在飘着白玫瑰花香的紫色爱巢，这对相爱的男女用身体、用心、用灵魂把爱演绎得如痴如醉、如梦如幻，爱得恨不得融入到对方身体里，生命的交融和心灵的契合已远远超越了原始的本能。

激情过后，何逸骁拿来一条干浴巾帮林媗擦干身上的淋淋香汗，再擦擦自己的，然后搂着林媗，用下巴蹭着林媗的肩膀。林媗心里怵了一下：

“第一次”是不是又要来了？何逸骁用嘴唇轻轻咬一咬林媗的耳根，说了一句极其温柔、极其富有磁性，让林媗此生都不会忘却的话：“我们结婚吧。”林媗缓缓转过身，紧紧搂着何逸骁的脖子，用热吻回应何逸骁。

激情忘我的热吻过后，林媗有点儿困倦，缩在何逸骁怀里快睡着了，这时她听见何逸骁说：“宝贝，答应我一件事，好吗？”这一问让林媗来了精神，马上不困了，竖起耳朵听。何逸骁见林媗这小样儿，笑了笑，一字一句地说道：“我听一个在医科大学的老同学说，现在有种先进的微创手术可以修复处女膜。”话音一落，何逸骁低头看看怀里的林媗仍闭着眼，左手仍搭在他的腰上。此时的林媗突然感觉有股热血往脑门上冲。紧接着何逸骁的下一句话已在她意料之中：“宝贝，我这辈子就求你这一件事，去做这个手术，满足我的心愿，好吗？”

一阵短暂的沉默。林媗的手慢慢从何逸骁的腰上滑落。她缓缓坐起来，低头看着这个堪称完美的男人，现在突然觉得他可怕得像魔鬼。林媗感到自己从腾云驾雾的空中一下子跌到了痛苦的深渊。接下来林媗不知如何从喉咙里发出来的这句话让空气刹那凝住了：“穿上衣服，滚！”林媗指着何逸骁，低吼，泪流满面。

那一刹，空气突然凝住了。白玫瑰和紫色的纱帘也突然变得有点儿悲凉的味道。床上的何逸骁怔怔地看着林媗，一动不动，此刻他的脑里一片空白，他不知道是如何把压抑在心底的那个愿望最终说了出来，他感到好像轻松了一些，但又沉重了很多。他知道此言一出一定会伤害到这个让自己深爱的女人，但还是抑制不住地说了出来。他躺在床上，像个孩子般羞愧，难过，害怕，担心。

也就在那一刹，感觉有点儿虚晃的林媗意识到这是何逸骁的家，该滚的是她。她眼里曾经是那样温馨浪漫的爱巢此刻像个冰窖，想要快点逃离。

林媗下床的时候晃了一下，但还是以最快的速度穿好衣服，走到门边，回头痛苦地看了一眼不知所措的何逸骁，缓缓地说："我的第一次，给了我第一次爱过的人，已经回不来了。"说罢，冲出房门。她拎起包，打开门，正要出去，又折回来，从包里翻出一串钥匙，放在鞋柜上。那是何逸骁送给她的生日礼物——他家的门钥匙，心形的不锈钢钥匙扣吊着两个激光冲压的木制文字，一个"林"字和一个"何"字，这是他特意订购的。

何逸骁在床上不禁颤抖着，他极力想下床追出去，但却怎么也迈不出脚，身体仿佛被钉在床上似的动弹不得。屋外那声"叮当"的金属碰撞声和紧接着的"砰"的关门声，让他全身一抖。他拉起被子蒙起头，眼泪夺眶而出，他记得他上一次的失恋都没掉过泪。

人生就像一场梦，不知道也阻挡不了梦里会发生什么。爱情犹如一场戏，戏里浓情蜜意，戏外岌岌不堪。

悦城清冷的春夜，静得可以听见林媗撕心裂肺的声音。曾经无数次逃避的那个问题，终于在这样一个凄冷的夜、以这样一种不堪的方式见分晓。此刻，林媗痛并清醒着：与其无休止地被"第一次"如魑魅魍魉般折磨，不如尽早了断。

林媗痛不能寐。午夜，她还是忍不住发了一条微信给梅梓：我失业了，也失恋了。人生就是这样富有戏剧性，在同一天，以那样的一种方式，林媗得到了一份工作，又以这样的一种方式失去了一份恋情。

清晨，急促的门铃声把林媗从梦魇中惊醒。这世上有个人让林媗常对之信赖甚于亲人，也只有这个人在林媗每遭不堪时总会第一时间出现在她身边。门开的刹那传来那个最熟悉不过的声音："丫头，你怎么啦？"是梅梓。

惯于早醒的梅梓在看到林媗的信息后随即向系里请了假，说家里有急事，便乘坐最早那班车疾驰到悦城。

梅梓陪了林媗一天，陪她叙说陪她哭，鼓励她释放情感。情感释放，是人在悲恸忧伤时最佳的心理疗法。说完哭完的林媗不忘打趣道："有位心理学教授闺密真好。" 梅梓临走前敲敲林媗的头说："丫头，振作起来，好好活着。"这世上，叫林媗"丫头"的人只有一个。

人生不是只有眼前的苟且，还有爱和感动。

第四章

布拉格有双眼

林媗去方达正式上班后的第十六天才见到方博超。而此时方博超正准备携市场部经理、采购部经理去东南几省市考察供应市场，为即将开始的供应链体系改革做准备。

方博超在出差前就吩咐张琳娅安排好了林媗的办公室和工作。办公室宽敞舒适，从办公桌后的玻璃窗可以看到林荫密布的悦江公园，很是赏心悦目，桌子上摆了一盆造型优美的水培绿萝，桌旁的墙壁上挂了一幅抽象派画。这间办公室紧挨着方博超的办公室。张琳娅按吩咐在执行时嘟哝了一句："我都还没有那么好的办公室呢。"方博超马上笑起来："你看你，还人力资源部经理，这点儿胸怀都没有？请个能人来，这都不应该的吗？" 张琳娅辩道："谁知道是不是能人呢？" 方博超拍拍张琳娅的肩膀半笑不笑地说："如果不是能人，就让给你这个能人好不好？" 张琳娅从来都说不过这个表弟，瞪了他一眼，扭头就走。姐弟俩也只是私底下开玩笑而已，张琳娅其实是个处处以公司利益为重的人，她了解林媗的资历，也深知表弟重用林媗的良苦用心，更希望林媗的到来能解决一些问题并分担表弟的重担。她相信方博超的眼光不会错，同时，也看得出来表弟对林媗不一样的好感。

作为外贸总监，林媗的职责是统管外贸三个组，制订外贸销售计划并带领团队达成目标；建立规范化的外贸营销体系、制度和工作流程并带领团队高效运作；建立科学的客户管理服务体系，搭建优秀的外贸团队并进行有效指导和管理，培养团队人员、指导梯队人才的成长，还要负责供应链的沟通、协调工作等。这些看上去任重而繁杂，但对于在外企工作十余年的林媗来说，这些都是她此前一直在做的事情。此外，林媗每周要向她的直属领导方博超汇报工作。方博超把外贸三组的肖芷卉抽调出来做林媗的助理。肖芷卉，一个外向活泼、聪明伶俐的九零后女孩，她对新来的这位外表优雅而又酷酷的、有着一副动人嗓音的上司充满了敬重和期待。

在半个月的时间里，林媗每天都工作到很晚，她认识和记住了外贸三组人员的姓名，初步了解了他们每个人的工作特点和他们目前的职责分工，熟悉了产品，了解了供应链各环节运作，了解了客户的分布、特点和销售状况，熟悉了公司运作流程。同时，林媗利用两个周末的时间去跑市场，做了一些初步的调研。看着林媗如此勤奋地工作，且在半个月后就可以让工作走上正轨，不仅外贸部的同事们对她钦佩，就连张琳娅都看在眼里，喜在心里。

林媗第一次向方博超做工作汇报，就把已经准备好的工作计划递给了方博超。她在计划里简要分析了目前外贸部团队分工的利弊并提出了合理的建议，初拟了外贸销售的方案。刚出差回来的方博超有些疲惫，但与林媗的工作交谈让他很轻松愉快，不仅是林媗清晰的工作思路，良好的工作状态，还有林媗优雅的身姿和悦耳的声音。虽然方案还欠成熟，但能在这么短的时间内分析得那么透彻和对未来的方向明了清晰，方博超由衷敬佩。不愧为“老娘”啊！方博超向比自己大四岁的“老娘”伸出了手，握住了她软软的、肉肉的手，有一种亲切的、信任的、稳重的感觉。

全心投入工作的林媗几乎没有时间想似乎离她渐远的何逸骁，偶尔想起，心痛仍如刀割，但更多的时候是忙碌过后的乏倦取代了心痛。她曾收到何逸骁的信息：对不起，及后面无数个省略号。林媗知道何逸骁也是痛苦不堪，可是，她很清楚，他们是不可能回头的。纵然两人如此深爱，但林媗不能接受何逸骁的情感洁癖，何逸骁亦无法改变他的偏执。更何况，林媗在临走前无情地扔下那句话对于有情感洁癖的何逸骁来说是致命的打击！伤了，却没有时间疗伤，曾经深浓的情感在忙碌的日子里一点一点地被淡忘。

一个月后的一天下班后的傍晚，方博超和林媗从大厦电梯里一起走出来，他们要去参加每季度一次的 BOSS 堂——一个外贸精英的聚会。就在他们快走出玻璃大门的那一刻，林媗突然觉得脚底像钉了钉，怎么也拔不起来。正当方博超回头询问时，林媗一脸僵硬地问：“方总，能借你的胳膊用一下吗？”什么？方博超以为听错了，但还是什么也没问，转过身，让林媗的右手挽在了自己的左胳膊上。此刻，不明就里的方博超感觉到了一种异样的美好。当他们仿如情侣般走下大堂门口的台阶时，方博超赫然看见离台阶约莫十米远的拐角处有个三十多岁、样貌和气质都不错的男人正一动不动地站在那，目不转睛地盯着他们，眼睛里分明放射着惊讶，脸上分明写着悲伤。方博超明白了。

就这样怪异地走到停车场，林媗甩开了方博超的胳膊，没有理会方博超为她打开副座的门，径直打开后座的门坐了进去。方博超耸耸肩，好像是他做错了什么似的。

车拐到刚才下台阶的地方，林媗和方博超同时向那个方向望去，那里已空无一人。半小时的车程，车后座没有一丝响动，好像没人一样。方博超在后视镜里瞄见林媗闭着眼默默流泪。

一路上，林媗的脑海里满是何逸骁那张憔悴苍白的脸和看见她和另一个男人亲密走出来时的悲伤。他一定认为林媗是因为离开他而离开了原来的公司，他一定是想方设法找到了她现在的新公司，他一定是来找林媗重归于好的……而这一切已经不重要了，因为他已经消失了，从此在林媗的世界里消失了。

这是一个忙碌的冬天。林媗，方达集团的外贸总监，已经在这里找到了职业归属感，她出色的工作能力和行事风格得到了方博超和很多同事的赞同和认可。

春节过后的第一天，方博超通知林媗做好准备随他去布拉格，和捷克莱利克公司洽谈对方做方达在欧洲代理的最后达成。这就是方博超第一次愉快地约见林媗那天，当林媗向他道别后回头淡淡一笑时方博超做出的那个决定——让林媗随行此次谈判。他第一次见林媗时就感受到了她在与人交谈中有种独特的气场，一种集语言、思维、行为于一体的能够压场的气质。

莱利克是一家面向全球采购个人护理用品并在欧洲主要是中东欧分销的贸易公司，是方达成立以来的第一个客户，目前也是方达最大的客户，这些年随着方达的蓬勃发展而业务遍及整个欧洲。方达与莱利克的合作和战略结盟源于一个人——莱利克全球采购总监雷尼·哈夫利切克。捷克布拉格人，方博超在柏林留学时的同学和铁哥们儿。

毕业后，方博超回国创业，雷尼则进了总部位于布拉格的莱利克公司，当他还是一个小小采购时，他就试图开始向方达采购，从试样到试单，从柜货到签年单，再到现在洽谈合作代理，这些年方达与莱利克可谓是风雨同舟。方博超和雷尼这对铁哥们儿，也成了强强联手的贸易伙伴。但同时，方博超和雷尼也都是原则性极强的人，双方虽有很深的个人情感，但在合作过程中如涉及核心利益时，都会坚定地站在各自公司的立场出发。启动代理谈判是在半年前，在林媗加入方达的一个多月前，也就是广交会期间，雷尼和他的老板专程来方达谈判，但是双方对一些关键性条款达不成一致，最后雷尼和他的老板先回国，谈判因而搁置了下来。

从香港起飞，在巴黎中转，这段时间忙碌不堪的林媗在飞行的十六个多小时里，除了吃饭和上洗手间，基本上都是在昏睡。在旅途中睡觉，也是林媗多年的习惯，一是身体的需要，二是养精蓄锐，到达目的地马上进入工作状态。为了更好地进入睡眠状态，每到吃饭的时候，她都会要一杯红酒。和她隔一个位置的方博超则一直在看片子，偶尔也停下来睡一会儿。

当他们到达布拉格瓦茨拉夫·哈维尔国际机场时，是当地时间四月八日早上八点五十五分。在飞机上睡眠充足的林媗在到达前简单洗漱一下，容光焕发。第一次来捷克的林媗有点儿兴奋，内心雀跃：你好，布拉格！

莱利克公司对方博超和林媗代表方达此次专程来布拉格洽谈非常重视，为他们在市中心的波希米亚大酒店订了房间，离位于伏尔塔瓦河畔的莱利克公司仅十分钟车程。在旅客出口处，方博超和林媗看到了在接机人群中有一高一矮两个人高举的一块与众不同的粉红色接机牌子，上面写着方博超和林媗的英文名字。方博超兴奋地朝一位高个子挥挥手，很显然，那就是他的哥们儿雷尼。方博超和高个子热情拥抱寒暄完毕（他们讲德语），便互相介绍双方人员，随雷尼来的是莱利克公司的一位负责中国区域的采购经理瓦修特。他们穿着都很正式，笔挺的西装，系得一丝不苟的领带，白净的衬衫，锃亮的皮鞋。林媗用英语分别向他们问好、道谢。雷尼，比方博超大一岁，身材颀长，一米八零的身高比一米八四的方博超稍矮一点儿，栗色稍卷的头发，高挺的鼻梁，深陷的眼窝里有一双黄褐色的眼睛。林媗在和雷尼相视握手的那一刹那，捕捉到了这个斯拉夫男子眼里的一丝忧郁，生性有点儿忧郁的林媗内心不禁一动，也许是天生的，林媗想。

到了酒店，方博超和林媗各自洗漱一番，便来到餐厅，雷尼和瓦修特已在那里等候，他们已安排好为远道而来的中国朋友举行简单而隆重的欢迎午宴。看着都已换上了正装、容光焕发的方博超和林媗从门口的红地毯走来，一个阳光帅气，一个气质极佳，让他们赏心悦目。午宴安排的是捷克特色菜式。席间，从方博超看林媗的眼神，雷尼觉得他的这位哥们儿很喜欢他的这位女下属。他关切地问他们是否需要休息调时差，明天再正式谈工作。方博超看看林媗，林媗笑道："谢谢，不需要调时差，下午就开始工作吧。" 雷尼朝方博超笑笑，用德语说："你们谁是老板？她是你女朋友吗？" 方博超向他挤挤眼睛，笑着回答："我也想。" 雷尼当然知道他们住在不同的标准客房，他也知道方博超在德国留学期间和一位德国女同学热恋，但现在不知情况如何。不管怎样，眼前的这位中国女子确实有一种无以形容的魅力，即便初次见面，雷尼也有了一种说不清道不明的别样的感觉，人对异性的天然仰慕不分地域和国籍。

莱利克公司的老板托莫维奇先生已在公司门口迎候，与方博超拥抱、与林媗握手，一番简短热情的社交问候交谈后，他告诉方博超和林媗，先由雷尼和瓦修特和他们谈妥细节的问题，然后由他来亲自谈关键性的问题。

莱利克公司总结了在和方达公司合作五年来出现的一些问题，如价格波动因素、品质问题、货物检验问题、交货问题，按照欧盟规定的新的测试标准和新的验厂标准以及莱利克公司此前要求方达的跟单人员在跟进订单的过程中提高工作素质、服务细化等问题，并强调这些问题的解决是谈下一步关键问题的前提。

对于先解决历史问题、再谈未来合作，方博超和林媗非常赞同，这也是他们的行事原则。在来布拉格前，林媗已做足了功课，她让肖芷卉调出了五年来与莱利克公司合作的所有订单，一一了解，对出过问题的产品和货物也分别核查清楚前因后果，对悬而未决的一些问题也分别请示方博超并与有关部门商讨后得出解决方案。为此，林媗制作了一份简洁而详尽的 PPT，总结和解决历史问题，并在莱利克公司那富有新巴洛克式风格的会议厅里一一演示，整个过程林媗坦诚直率、落落大方，并回答对方现场提出的所有问题，遇到决策性问题则转由方博超回答。五年积留的问题，林媗在布拉格用四个小时的真诚和专业解决了，虽然这些问题的达成和方案都需要实践的检验和印证。

看着在屏幕前专注从容演示讲解的林媗，方博超突然很感动。创业至今，方达的员工来来去去，他从未见过能够像林媗这样敬业、专业，在异国为他的公司、为他的产品从容淡定地谈判的人。他不由庆幸自己选择了这个“老娘”。

坐在方博超对面、也在一直专注地看林媗讲演的莱利克人不时低声交谈或眼神交流，但更多的是赞许。方达来之前就做好这样充足的准备出乎他们的意料，更没有想到多年悬而未决的这些问题竟然就以这样一种方式在几个小时内让他们感到满意。他们感到方达越趋成熟和大气了，敢以这样一种中肯的态度面对问题并以一种负责任的态度解决问题。

林媗在热烈的掌声中结束讲演，报以淡淡一笑重新回到座位上。这淡淡一笑是方博超最熟悉不过的，也是自认识林媗以来最拨动他心底那根弦的。林媗习惯性的淡淡一笑，也吸引了另一双略带忧郁的眼睛。

结束当天的谈判后，双方互相握手。在和雷尼握手时，即便雷尼微笑着感谢林媗为这次谈判做出出色的工作时，林媗也能感觉到他眼睛里的那丝忧郁。

方博超谢绝了托莫维奇先生共进晚餐的邀请。因为晚餐并不在安排之内，而方博超也想放松一下。在过去的五年里，他多次来过布拉格，对布拉格很熟悉。为了感谢林媗今天出色的工作，方博超带林媗来到号称世界上十大最美丽的咖啡餐厅之一的布拉格 Caf é Imperial。置身这家豪华的巴洛克式的餐厅，林媗感觉好像置身于文艺复兴时期。方博超很熟练地点了开胃汤，前菜鹅肝，主菜牛排，红卷心菜丝，甜点熔岩蛋糕，还有两杯 Charfreuse 红酒。林媗早就饿了，她美美地吃着，不时和方博超碰碰杯，淡淡一笑。布拉格的第一天，很美好，有圆满的工作，有美食，有她英俊的老板；还有，她心里摇曳着一束小火苗，似明非暗。

多年前，林媗看过一部电影《布拉格有张床》，那是她对布拉格最初的认识。今晚，林媗躺在布拉格波希米亚酒店的床上，却一直在想着一双眼睛和那双眼睛里的那丝忧郁。这种感觉很奇妙，一天前，她的心里装的是她的老板方博超逐渐清晰深情的眼睛，一天后的几万里云和月，她心底却多了一双眼睛，那样忧郁。

布拉格之夜，分别在伏尔塔瓦河两岸的两个男人同时在想着那摄人心扉的淡淡一笑。

接下来的这场硬仗真的不好打。在关键条款中，其他问题双方都还有商讨的余地，唯有付款方式和代理年限这两个关键点僵持不下。莱利克坚持付款方式为O/A，即赊账、记账贸易，出口方先行发货给买方，货款后结，可月结、季结或年结。此支付方式属商业信用，出口方是否如期安全收到款项，完全基于进口方信用。方达坚决不同意，并提出L/C即信用证或T/T即电汇这两种较安全、公平的方式。

而在代理年限问题上，莱利克坚持五年一签合同，在五年内，价格和其他条款不变。对方达来说，这是不平等条款，不能接受。

第二天的谈判很严肃乏闷，就这两点，双方都站在各自立场阐述分析，从早上一直到下午三点，毫无进展。

雷尼想缓和一下气氛，便请求托莫维奇先生暂停今天的谈判。脸绷了大半天的托莫维奇先生也笑了笑，说："上帝，中美谈判都没有我们的谈判难。好吧，我亲爱的中国朋友们，为什么不让雷尼带你们去逛逛布拉格？也许美丽的布拉格会给你们带来灵感。"这番话，让紧张了大半天的双方人员都笑了起来。

按照原定计划，今天谈判结束，方博超和林婠明天可以有一天时间在布拉格闲逛，后天转道去美国拉斯维加斯参加一个行业展会。但既然今天谈判未果，明天就要继续，无论结果如何。

方博超天性乐观，遇事总会暂时放下，回头再梳理。原则性问题他不会让步，他认为莱利克和方达签了代理当然有利于方达更上一个台阶，但签不了方达也不会死。方达不会在一棵树上吊死，如果签不了，兴许方达还会有更广阔的发展空间。他拍拍雷尼的肩膀说："小子，来一场吧？"雷尼会意，但又看看林媗。方博超在德国虽没好好读书，但球一直都是好好踢的，他和雷尼每周两场球是雷打不动的，当年这对哥们儿分别是校足球队的右中后卫和左中前卫，他们还参加校际足球巡回赛。男性天生愿意在喜欢的异性面前展露雄姿，其实方博超想让林媗去看他们踢球，想让林媗看看他在球场上英姿勃发的样子，但他感觉林媗不会去。果然，林媗说她想到伏尔塔瓦河畔散散步。于是雷尼安排秘书娜塔莉亚随司机送林媗去散步，便和方博超冲向绿茵场。林媗不爱运动，对足球不感兴趣，更主要的是她不想打搅方博超和雷尼这对哥们儿宝贵的相聚时间，而且，有时候她喜欢独处，比如现在，当工作卡在某处进退两难时，她想一个人静静地想一想。

听了娜塔莉亚对欣赏伏尔塔瓦河两岸风光的几种方式后，林媗选择行走查理大桥，并请娜塔莉亚和司机两小时后在原处接她。

林媗上学时喜欢历史课，一直以来也喜欢看有关历史和战争题材的书籍和纪录片，虽此前从未来过捷克，但对捷克有一定的认识和了解。

林媗是个骨子里头有着忧伤情怀的人，一种无人能懂的情怀。第一次与布拉格相遇，便感觉走进了布拉格的骨髓里。她听过交响乐《伏尔塔瓦河》，此刻，她就倚在查理大桥的栏杆上，注视着这座有着四百多年历史的古老大桥灰重的桥面和斑驳的桥墩，回味这座桥的悲情故事，静静地看着清波绿漪的伏尔塔瓦河在春天里默默流淌，看河两岸的红瓦黄墙房子在水光潋滟中像飘渺的水粉画，听远处似从远古飘来的忧伤钟声缓缓回荡在伏尔塔瓦河的上空。她喜欢这个有着厚重的历史文化底蕴和很多悲欢离合故事的并有着淡淡的忧伤的城市。也许，并不是每个人都能感觉到布拉格淡淡的忧伤，正如不是所有的人都能感觉到雷尼眼睛里那淡淡的忧伤一样，也许雷尼的骨子里头也有着忧伤的情怀。

林媗谢绝了娜塔莉亚共进晚餐的邀请，自己在酒店餐厅里随便吃了点就回房间了。正要发微信告知方博超，就收到了他的信息，他说他和雷尼在酒吧喝酒，问林媗想不想来？林媗回复：老板您悠着点儿，我在为明天的革命做准备，并发了个奋斗的表情。其实方博超知道林媗会这样。

第二天早上八点半，方博超和林媗在莱利克上班时间准时到达。四月的布拉格早上气温仍较低，感觉有些清冷。从酒店出门时，方博超感觉林媗今天的打扮和平时不一样：她化了个精致的淡妆，穿了件黑色紧身风衣，脖子上围了条色调雅致的丝巾，在腰间打了个漂亮的蝴蝶结，风衣下摆刚好到高跟鞋鞋帮的位置，风衣里面的裙子花纹若隐若现，长发盘起来了，头戴一顶黑色丝绒帽子。从酒店出来一直到莱利克，不一样的林媗吸引了不少眼球。不乏美女的布拉格仍把目光投注给了这位优雅的亚洲女子。方博超一直有种很强烈的愿望：想伸手揽着那个打了漂亮蝴蝶结的腰。

莱利克公司仍开着暖气。当从衣帽间出来的林媗走向会议室时，正在会前谈笑的所有人都停了下来：林媗，身着一袭绿底花鸟图案的长款锦缎旗袍，头盘着髻，轻盈柔美地向他们走来，美得像一幅画。看呆了的托莫维奇先生、雷尼、瓦修特和娜塔莉亚简直不敢相信她就是前两天一身正装的干练的林媗。同样也惊呆了的方博超更是被他的这位与众不同的女下属深深感染：这就是那个没人敢要的“老娘”，那个有着独到的眼光、遇事总能另辟蹊径的睿智“老娘”！他明白了，今天是方达和莱利克最后的博弈，他的外贸总监林媗正在以一种无比庄重的方式宣战！方博超，这个随性大气、驰骋商界的、有点儿痞性也有点儿不羁的青年才俊，在林媗向他投来会心的一笑时，他感到热血澎湃，并在心里发誓：我方博超若追不到这个女人，我就不是男人!

当雷尼再次触碰到眼前这位穿旗袍的中国女子的淡淡一笑时，他的心在狂跳。昨夜入睡前，满脑子都是那来自重洋外的淡淡一笑。

一直严肃的托莫维奇先生带头鼓起了掌，开玩笑说：“今天这个场交给这位上帝派来的美丽中国女子吧。”大家都笑了。

而林媗并没有把托莫维奇先生的话当玩笑，随即真的走到了会议桌上座的对面，面对着托莫维奇先生，双腿微屈，微俯首，两手互握在左腰侧，行了个万福礼。方博超知道这是万福礼，而莱利克人却蒙了，似懂非懂，感觉林媗像在演戏。

行完礼，林媗挺胸站直，双手互握轻靠腰腹之间，说到：“今天，我穿着中国女子的国服——旗袍，向大家行了中国女子最讲究的礼仪。请允许我用这种方式代表方达向莱利克表达最高的尊重之意。”很动听，所有人似乎都在屏住呼吸，赏心悦目地聆听着。瓦修特甚至揉揉眼睛，再次睁大眼睛，确定眼前的一幕是真的。

林媗继续说："今天，不管我们的付款方式和代理年限能否达成一致，也不管我们的代理合同能否签得成，方达都愿以最真诚的态度，一如既往地做到我们能做得最好的。"很感人，托莫维奇先生正襟危坐，一动不动。雷尼左手肘撑着桌面托腮，眼睛一秒也没从林媗身上移开过。瓦修特在录像，娜塔莉亚在做会议记录。方博超反倒冷静了下来，今天，林媗以这样一种方式在和莱利克谈判，不管成功与否，她都将从此成为他生命中重要的人，将成为方达的贵人。想到这儿，方博超觉得自己好像有点儿俗了。

林媗话锋一转，说："中国有个成语——设身处地，意思是要处在对方的角度为对方着想。关于付款方式，我们来做一个设想，如果我们角色互换，如果方达从莱利克购买货物并要求莱利克接受 O/A 付款，就是说莱利克先发货给方达，而方达在收到货物后才付款。这种付款方式对于莱利克来说没有安全和保障而言。如果发生了变数或意外，莱利克的利益如何保障？请问托莫维奇先生，您会同意吗？如果您不同意，请问您认为哪种付款方式是最合适的？"

所有人的眼光刷地全落在了托莫维奇先生身上。几米远外那位宛若天使般的中国女子柔中带刚的问题让这位冷峻的老板怔了一下，耸了耸肩，摊了摊手，没有回答，表情有点儿尴尬。方博超看懂了他表情里的不同意， 他赞许地看着林媗，心里暗自鼓掌，高手啊！

林媗继续说："我们一直在努力达成一种对双方公平合理的方式。按照平等贸易惯例，最稳妥、最安全、最公平合理的方式首推信用证。

为了简化双方合作过程中的重复繁杂工作及精简费用，我建议莱利克可以多单齐下，这样就可以做到多单一起付款、一起发货，从而避免一单一付一发的冗长的手续和不必要的费用。方达能够做到最好的就是，信用证 45 天，这也是我们的底线。而尊敬的莱利克的底线绝对不是 O/A。”托莫维奇先生仍然没有说话，但他看了一眼雷尼。雷尼心中暗暗赞叹这位中国奇女子，他从老板的眼神中已经知道了他的决定。

接下来，林媗仍然以设身处地的方式阐明了方达能做到最好的是代理年限为两年一签。

最后，林媗再次行万福礼。

这哪里是谈判？这简直就是一场精彩绝伦的演讲和入骨入心的演戏！

托莫维奇先生终于说话了，他先是调侃方博超：“上帝啊，你是从哪请来的神啊？”一片哄笑，连林媗也笑了。他接着说，“说实话，我第一次见这么特别这么精彩的谈判方式，确实大开眼界。我心里虽然有点儿不舒服，但我不得不服。如果我仍拒绝，上帝会鄙视我的。”所有人都笑了。托莫维奇先生提高了嗓门，“我提议，今天下午我们正式签代理协议，今晚让我们举杯庆祝吧。”

双方互致祝贺，一一握手。雷尼在握林媗手的时候，他和林媗对视，林媗以一种耐人寻味的眼神看着他，而他那双忧郁的眼神里闪着敬佩、爱慕的光芒。方博超不顾一切地走到林媗面前，紧紧地拥抱林媗，久久不肯松开，生怕会失去似的，他的手触碰到了今早上他一直想触碰的那朵蝴蝶结。这是方博超第一次给予下属如此深情厚意的拥抱。这样的拥抱对于有着悠久拥抱礼仪的布拉格人来说见怪不怪，而对于方博超来说，意义深刻。林媗，这个身体里同时流淌着矜持与豪迈、内敛和浪漫的女子，又何尝没有感受到她的老板的爱慕？

回国后，方博超得知，林媗在大学里曾是校广播站优秀的播音员，曾代表学校参加校际双语（普通话和英语）演讲比赛并取得优异成绩。

回国第二十二天后，林媗收到一个来自布拉格的快递。一对精美的耳环和一封浅蓝色信笺，上面是几行遒劲潇洒的英文：你穿旗袍真美，如果配上这对波希米亚水晶耳环会更美。 这几行字如伏尔塔瓦河静静流淌的涟漪。雷尼注意到了，那天一袭中国华服的林媗没有佩戴耳环。

第五章

情澜深处

五月中旬的一天下午，肖芷卉拿进来一个快递包裹并朝林媗挤了挤眼睛，调皮地说："布拉格的神秘礼物哟。"这是肖芷卉签收的第二个寄给林媗的来自布拉格的快递，这个鬼精丫头似乎猜到了什么。林媗闻到了上次送她的Shalimar野性撩人的香味，随口说道："这香水很配你。"肖芷卉搂着林媗的脖子，在她右脸颊啾了一下，说："姐真会买东西。"说完一阵风似的出去了。没人在的时候，率真的肖芷卉就把林媗当亲姐一样，她真心喜欢并敬佩这个能力超强的领导。

一直等到午休时，林媗才关上门，拆开包裹。拆开两层防摔气泡袋，露出一个精致的宝蓝色硬皮纸盒，纸盒里是一个周围镂金边、中央镶钻的宝蓝色瓶子，样式很精致古雅。林媗欣喜得不能自已。她曾在布拉格一家精品店里见过这样的瓶子，还专门问过店员，得知这种款式的瓶子是捷克著名的宫廷古典掐丝镶钻鎏金香水瓶，当时林媗觉得太贵，犹豫再三还是没买。如果说这就是心有灵犀，那一定是上帝的安排。香水瓶下面压着一张蓝色手写信笺，熟悉的字迹跃然在目：上帝说，还能有什么比"布拉格的精灵"更与那位中国女子相称？你一定会喜欢。

如果说一个月前第一次收到来自布拉格的那对波希米亚水晶耳坠让

林媗的心里泛起了一丝涟漪，那么，此刻上帝派来送给她的这支特别的香水瓶，让她已经不平静的心底掀起了波澜。

而巧的是，那天林媗穿着一条宝蓝色齐膝蕾丝短裙。按捺不住内心的狂喜，林媗一手拿着“布拉格的精灵”，一手举着手机，按下了自拍键，并当下把照片发给了掀起她心底波澜的那个人。

下午五点多，林媗收到雷尼的电子邮件：一切都是上帝的安排。

林媗问：我该如何感谢你？问完后突然觉得有些俗气。

雷尼回复：Your soul leads you.

林媗喜欢这样的调调。

如果说爱情来得太快，那么对于像林媗这样爱情至上、浪漫极致的女人，远在布拉格的雷尼很对她的胃口。不得不赞叹宇宙有种力量，它能把相隔千山万水的有情人的心吸引在一起。世间有情人，不在乎彼此距离相隔多遥远，而在乎彼此心灵有多契合，也许只是匆匆一见，也许只是从世界的那头路过而多看了你一眼，也许是上天授意让我看懂了别人看不懂的你的眼神……

为了避免不必要的猜测，林媗把家里的联系地址告诉了雷尼。

接下来的一个月，林媗夜以继日地忙碌，奔波于公司和工厂之间，部门培训、岗位人员调整、工厂验厂前的准备工作指导及演练（工厂准备做国际认证资格的社会责任认证，程序繁杂，审查严格，难度较大）、指导处理问题订单和一个新加坡客户索赔事件，有时周末也在工厂加班。

终于等到松口气的时候，已是盛夏六月。生命里总有些难忘的日子在不经意间悄悄降临。

那天，盛夏星期天的清晨已是烈日杲杲。习惯早起的林婠已在笔耕，她习惯在周末早起写作。阅读和写作，是林婠最享受的业余爱好。这段时间，她正在写一部小说。她正在苦思冥想一段情景安排时，旁边响起布谷鸟清脆悦耳的叫声，是她手机的铃声。是方博超。第一次接到方博超这么早打来的电话，而且还是星期天。

方博超的声音听起来有点儿急切："你要是今天没别的重要安排，赶紧收拾一下，跟我去一趟工厂，有可能还要在厂里住一晚。我十分钟后到你家小区门口。"虽然最近工厂事情比较多，但在星期天接到老板这样的电话，林婠还是吃了一惊。方博超极少在周末打电话给员工，除非有特别重要和紧急的事情要处理。一定是有紧急事情，林婠想。

可是，今天是林婠三十三岁生日。约好了章梅梓一家三口要过来为她庆祝生日。林婠犹豫片刻，对着电话那头的方博超说："好，我收拾一下就下来。"放下电话，她赶紧打电话给章梅梓取消聚会，已经准备好出门的章梅梓对她这个闺密经常性的一惊一乍早已习以为常，表示理解的同时并祝她生日快乐。

收拾了两套换洗衣服和一些日用品后，林婠匆匆出门。谁知道是什么紧急事情呢？万一要在工厂多待一两天呢？未雨绸缪，多做额外的准备，预留空间，这是林婠多年的工作和生活习惯。

已在门口等待的方博超看见林婠一身运动装束、扎着马尾、戴着墨镜、背着背囊酷酷地走过来时，笑着朝她吹了个口哨，伸手示意她坐副座。

林媗没理会他，倒不是因为他来接她去工厂加班而坏了她的生日聚会。她的老板有时大男孩本性难掩，往往在这时候，她一般都是一本正经，不苟言笑，而且她喜欢在车上睡觉，坐在副座上她睡不着。她坐在后座上看见方博超穿着笔挺的白衬衣和黑西裤，心想，去工厂还穿得这么正式。

因为起得太早，车没开多久，林媗就睡着了。方博超觉得好笑，不时在后视镜里看两眼。睡了有半个小时，林媗醒了，她看看车窗外，感觉不像是平时去工厂的路，问方博超："这是去工厂的路吗？" 正在专心开车的方博超打开了音响，轻柔动人的萨克斯曲仿如从天边飘来，是 Kenny G 的《Forever In Love》。林媗不吭声了，他也喜欢？

闭目听完，林媗再次看车窗外，觉得很蹊跷。忍不住再问："我说方老板，这到底是去哪儿？"

方博超冷不丁冒出一句："可能是我有点儿累，认错方向了。要不你来开，让我休息一会儿？"

林媗分明看见了方博超侧脸闪过的坏笑，她没好气地说："我不会开车。"

方博超乐了，呵，这年头还有人不会开车，没有讥讽的意味，就是觉得后座上的这个"老娘"总是处处与众不同。

每每被人问起同样的问题，林媗心底总有一丝隐痛。十年前的一场悲剧总会揪心般撕扯她的心：她乘坐长途客车第一次去探望外地的前前男友。结果车刚到目的地就发生了车祸，她的下巴和下嘴唇严重受伤，满脸是血，没见着男友倒先送进了医院。一年后，她与男友分手，而她的下巴和下唇也留下了永远的伤痕。她曾经有好长一段时间不敢乘坐任何车，后来慢慢归于正常，但她永远也不想开车。不知内情者总打趣说她下巴那道痕印很性感。

方博超留意到了后视镜里林媗不同寻常的表情，他不吭声了。他知道这是个有故事积淀的女人。

沉默许久。林媗不再看窗外。她已经猜到方博超不是在开往工厂，可能正开往一个她没去过的陌生地方。她此时甚至不想知道要去哪里，随他开吧。林媗再次闭上了眼，Karunesh 的《Follow Your Heart》像在梦境般飘扬。

她已经知道不是去工厂了，可她没有再问。要是别的女人，早就大呼小叫了。这就是林媗，每了解她多一点儿，对她的爱慕就多一分，方博超不时暧昧地看看后视镜里把头靠在靠背上闭目静养的林媗，满心欢喜。

车就这样在充满爱意中一直飞驶。

林媗再次睁开眼睛时，感觉时间已不早，像是晌午的样子。看看表，果然已经中午十二点。这么说，车在路上已经行驶了四个多小时。车窗外是一泊碧波浩渺的湖水，在强烈的太阳光照耀下波光粼粼。车停在湖边一栋两层的木房子前面。方博超下车打开后座门，微笑着躬身做了个请的姿势，有点儿夸张，然后从车尾厢拿出一个小旅行箱。林媗笑了，下车。依然没问是在哪里。身穿衬衣西裤、皮鞋锃亮的方博超在太阳光下英气逼人。女人的直觉告诉她，她的年轻阳刚潇洒英俊的老板方博超要做一件让她绝对惊喜的事情，而他这样做，连傻子都会明白是为了什么。而要做的那件事情偏偏选择在她生日这天。她把好奇和惊喜藏在心底，跟着方博超走进那栋木屋子，上了二楼。

方博超从旅行箱里拿出一个有提手的纸袋递给林媗，并指指她面对的房间，说："进去吧，换上，我在外面等你。"然后对林媗做了个鬼脸。此言此行，不像是老板，而像是男朋友。只是很自然，没有半点做作。

在房间里，林媗打开纸袋，里面是一件藕荷色长款短袖旗袍和一双白色高跟皮鞋。虽然已猜到方博超要给她一个惊喜，但还是没想到是这样的惊喜！林媗不禁掩面，激动的眼泪几乎要掉下来。

林媗穿上旗袍，长短胖瘦真合适。如果没猜错的话，一定是方博超按照林媗身材的大致尺寸去为她量身定做的。旗袍的右腰眼处恰到好处地绣着一朵紫色睡莲，很逼真，好像一朵真的睡莲在腰间绽放。领口的绲边和盘纽是和紫色睡莲同样的颜色。这简直就是一件艺术品啊！那双高跟鞋也正合脚。方博超，这个她认识才半年的大男孩，她的老板，竟给了她前所未有的惊喜。

方博超给了她如此隆重的惊喜，她不能辜负方博超的好意。林媗简单盘了个髻，拿出随身带的简单化妆品化了个淡妆，在镜前走了一圈，心底不禁惊呼！她不敢想象方博超看到她出来时的模样。

林媗站在门边，深呼吸，然后打开了门。方博超一直站在外面等待，那种感觉一点儿也不亚于在等待他的新娘出妆。他让张琳娅要到林媗的简历时就记住了她的生日，他去专门定做高级旗袍的老字号门店，选了料子，把存在手机里的林媗的照片拿给师傅看，让师傅照着样子做，他有意无意向肖芷卉问了林媗鞋子的尺码。今天，他以这样一种方式带林媗来到这个他入股的度假山庄，不仅要带给林媗一个巨大的惊喜，还要庄重向她表白爱意。六个月，不长也不短。有的人，相识一辈子也毫无情感；有的人，相识时间不长，但足以让人许以一生的爱林媗就是这个让他愿意许以一生之爱的人，他确定。

方博超在庄重地等待着他的爱。

门开了，他的爱仿佛飘然来自仙境。虽然亲自定做了那身旗袍，很熟悉料子和做工，但当林媗翩翩走出来的那一刻，他还是惊呆了，精美、雅致、贴身、凹凸有致，好像从画中走来。老实说，在四月布拉格见识林媗身着一袭旗袍深情演讲征服捷克人之前，方博超记忆中从没见过有谁能穿旗袍像林媗这么美。连做旗袍的老师傅也说照片上的女子有天生穿旗袍的身骨。待方博超回过神来时，林媗已站在他眼前，微微笑着。方博超伸出双臂，像在布拉格拥抱林媗那样再次拥抱她，只是这次他左手轻轻抚摸到了林媗右腰眼上的那朵紫睡莲，水云轩的丝绸料在他手中温软柔滑。林媗在他怀里小巧轻盈，他闭上眼睛，不忍松开。

林媗轻轻拍拍方博超的肩膀，说："嗨，是不是我们不用吃饭了，就这样抱着了？" 方博超笑了，松开了手，这才感到饿了。他早已安排好了午饭。

餐厅是在湖心岛上。他们的餐桌靠窗边，放眼望去是一片蓝盈盈的湖面，好像坐在云端。三菜一汤已端上桌，还有一瓶红酒和两只高脚红酒杯。很好，不铺张不浪费，简单可口的饭菜，林媗喜欢。

方博超举杯，深情款款地说："生日快乐，我的女神！" 林媗猜得没错。

饭后，他们边喝红酒边聊天。对面仪态万方的女子，常让方博超有种画面的飘渺感。平日在公司私下和员工聊天，好几位员工说过林媗有点儿冷傲，不大容易接近。可是眼前这位穿旗袍的高雅女子学识广博，谈笑风生，让人轻松愉快。他们聊各自的家庭，聊工作，聊趣闻，林媗还让方博超教她几句简单的日常德语。其实，在方博超眼里，林媗挺有幽默感的，偶尔来句冷幽默或调侃自嘲，总能让方博超叹绝。

惊喜的还在后面，方博超朝站在门边的服务员打个响指，一首《生日快乐》音乐不知从哪个角落里响起，一名服务员推着一辆小餐车过来，上面是一个生日蛋糕。蛋糕不大，却是林媗所见过的最别致最用心的蛋糕——圆形的主体外边用藕荷色忌廉涂抹，上面是一朵紫色睡莲和同色的点缀，色调和林媗穿的旗袍的颜色一模一样。三十三岁的林媗有过几次恋爱，每一任前男友都是制造浪漫的主儿，可眼前的这个方博超却是有过之而无不及。林媗咬着嘴唇，喜极而泣。方博超又招呼他的合伙人和餐厅的工作人员过来一起为林媗庆祝生日。林媗的三十三岁生日由比她小四岁的浪漫的老板为她操办，意外而神秘，热烈而别致，美好而难忘。

不觉间已是下午四点，林媗说："你开车累了吧，回房间休息吧？我也想午休。" 炎热的午后，酒后微醺，让人恹恹欲睡。方博超其实并不累也不困，而且还很兴奋。他笑着说：“你还睡呀，路上不是一直在睡吗？”“没办法，我五行欠睡。”林媗一副无奈又可爱的小样让方博超忍俊不禁，在公司林媗每天像打了鸡血一样，而此时的样子实在不多见。

在林媗刚才换旗袍的房间门口，方博超轻揽林媗入怀，低头在她脸上轻吻了一下，轻声说：“生日快乐，好好休息。”刚转身，又补充一句，“你要睡到几点，下午还是晚上见？要是睡不着，我来陪你吧？”林媗嗔笑，瞪了他一眼，关了房门。林媗这样的神情总能撩起方博超心底最敏感的神经。

其实林媗一时也睡不着。她平躺在床上，闭上眼睛，感觉一切都像在做梦。慢慢地，也许是酒精起了作用，不觉间睡着了。

不知过了多久，林媗在梦中听见敲门声，睁开眼，敲门声清晰得就像在耳边。她赶紧起来，犹豫了一下，换上了旗袍，随便梳理了一下头发，就去开门。此时，窗外晚霞已斑斓。

门外，方博超端着一杯水，看见睡眼惺忪的林媗，打趣道：“我能叫你睡神吗？”没等林媗回应，把杯子递给她，“柠檬水，向餐厅要的，解解困。”林媗喝了大半杯，转身想把杯子放在桌子上。而此时身后的方博超也跟着进来了，林媗听见自己的心随着身后的方博超进来的脚步声和关门声剧烈跳动。

林媗把杯子放下，头发突然松开了，她圈起橡皮筋，可是几次都绑不住，她觉得自己手在抖，她知道身后有双眼睛一直在盯着她。

方博超轻轻地抚着林媗的双肩，低头在她耳边说："我来吧。"他从林媗手中拿起橡皮筋，笨拙地把头发聚拢，拧成一坨，然后绑了起来。林媗忍不住笑起来。

方博超轻轻地把林媗扳过来，看着她的脸，慢慢低下头，嘴唇轻轻贴在她的唇上。屋内的空气突然凝结了。

林媗一动不动，闭上了眼睛。

方博超把林媗紧紧地搂在怀里，嘴唇也慢慢有力地滑动着，可是林媗仍双唇紧闭。

方博超左手搂着林媗，右手在她身上轻轻地抚摸，从颈部到肩膀到背部，最后滑到了臀部。

林媗在方博超的臂弯里，在他的搂抱和抚摸下，听着他急促的呼吸声，闻着那诱人的雄性荷尔蒙的香味，还夹杂着他身上常散发出来的BVLGARI活力海洋的香水味，她醉了。在她微微张开了双唇的一瞬间，方博超的舌头就探了进来，柔软而粗糙，细腻而狂野。

林媗的原则是先有爱后有性，哪怕再饥渴，也要是和自己爱的人。她确定，她爱方博超。

林媗踮起了脚尖，双臂搂住了方博超的脖子，回应着方博超激情澎湃的热吻和爱抚，和这个浑身上下散发着阳刚气味的男人紧紧贴依。此刻，她眼里只有方博超，这个世界只有她和方博超。

方博超陶醉在和林媗深情的舌吻中，他不禁把手伸进了那件优雅的旗袍在大腿分叉的地方，慢慢向上，他摸到了林媗的内衣的蕾丝边。他顿时觉得像触电一样，有股暖流在身体膨胀。他的手顺着蕾丝边，一点一点往下滑……

林婠在眩晕中感到自己的身体在空中飘，飘着飘着突然抖了一下。她猛地挣扎了一下，把情正浓欲正旺的方博超吓了一跳，他发出一声浑浊的喉音："怎么了？"

林婠推开方博超，边喘着气边断续地说到："方博超，我，我不能。"

方博超还没能从激情中缓过来，惊讶地问："为什么？"

林婠理理旗袍和头发，缓了一会儿，一字一句地说："因为雷尼。"

显然，林婠的回答惊醒了刚才还在云里雾里的方博超，他一动不动地看着林婠。他既意外，也不意外。雷尼，他的铁哥们儿，那个对生活和对女人品位极高的捷克男人，爱上林婠这个有脑、有身材、品位极高的中国女人也在情理之中。他太了解雷尼了，但他现在很佩服他的眼光。几天前在和雷尼电话交谈时，雷尼问起林婠的生日时，他就猜到雷尼对她有意，但没想到的是林婠也知道，并现在做出这样的举动，说明林婠也爱上了雷尼，至少喜欢。如果说他对林婠一见倾心，那么雷尼应该也是对她一见钟情。如果此刻林婠告诉他的是个陌生的名字，他会毫不理会，他会霸道地让林婠成为自己的女人。可是，从林婠口中说出来的是雷尼，他不能。

林婠喝完桌子上那半杯柠檬水，认真地说："方博超，我爱你。可是，对不起，在我还没有确定自己的情感归属之前，我不能那样做。"

方博超深呼吸，整理了一下有点儿乱的衬衣，平复了心情。他看着双手反撑桌边有点儿尴尬地看着他的林媗，笑了笑，笑里没有责怪、没有失望，也没有讥讽。他再次轻轻抚着林媗的双肩，理了理林媗松乱的长发，向林媗伸出右胳膊，扮个鬼脸，说："走呀，事情没办成，饭总得要吃啊。"林媗忍俊不禁，打了他一下。从激情到平静，化尴尬为轻松。林媗仰慕这样的方博超。对于方博超而言，这事确实是在他的计划之中，男人嘛。这事意外夭折，他虽然遗憾但并不恼怒，还有比这事更重要的事。

方博超不会因为他的哥们儿雷尼爱上了林媗就会放弃林媗，他也不会因为爱上林媗就背叛雷尼。雷尼，几乎是他生命中除了亲人之外最重要的人，多年来结下的深厚情谊是无可比拟的，也是不容亵渎的。林媗，是他这些年所见女人中不多见甚至绝少的那种优质女人，容貌德才俱佳，是他众里寻她千百度的那个情感、生活、工作伴侣的最佳选择，至少他现在听见林媗说她爱他。方博超，这个有着良好家教、受过良好教育、思想开明、心胸开阔、心智极高的男人想，一定会有一个万全的方式来处理和解决目前这样的局面。

第六章

三年之约

方博超和林媗的那次亲密接触，虽然最终疾马刹车，没有超越底线，但两人的心里都起了质的变化，他们经常能读懂对方的一个动作、一个眼神，在工作上也达到了更默契的高度。他们彼此都爱着对方，但他们也都很清楚一个事实：林媗的心里同时也装着另一个男人，那个远在天边的、有着一双让林媗心醉的忧郁眼睛的、方博超的铁哥们儿，雷尼。

方博超一直在等待一个机会，一个和雷尼倾谈的机会。如果方博超是个心胸狭隘的人，他一定会抛却兄弟情谊于不顾而想方设法追求林媗，然而方博超不是那样的人。正因为不是，林媗才会敬仰他。

十月国际采购季来了，雷尼携瓦修特也来了。四月的代理谈判之后，雷尼就初步计划好了十月的工作安排，并在之后几个月里逐步完善。他要在十月参加广交会的时候见两个重要的人：林媗和方博超。他要见这半年来他日思夜想的中国女神。他要和方博超倾谈，这与方博超不谋而合。所谓英雄所见略同，这两个异国铁哥们儿甚至是英雄所爱甚同。

莱利克公司今年因欧洲经济整体利好而市场需求加大，在传统产品的基础上，客户对新、奇、特的产品的需求也日益增多。有鉴于此，雷尼此次行程的主要工作是先到香港 Mega Show（亚洲最大的礼品、家居用品、日用品、杂货博览会）找寻合适的产品和供应商，再转战广交会，做进一步比较和选择。找寻新产品和新供应商并非易事，这项工作除了需要耐心细致的比较（资质、品质、价格、产能、销售量、打样、研发、售后等，近些年随着世界人权保护组织和一些国际机构的积极努力推进，保护人权也逐渐渗透到各国制造业中，制造商具备符合国际要求的资质验证也尤为重要，拥有资质的制造商也拥有了被选择为合格供应商的优势），还需要慧眼观察甄别最终适合的合作伙伴。男士个人护理产品部分交由莱利克公司的代理方达公司，莱利克公司希望方达派人共同在展会工作，方达对此次共同展开工作非常重视。按照方博超的指示和林媗的具体安排，林媗负责统筹工作，由负责莱利克公司业务的外贸一组的主管顾月桦和另一名同事与雷尼奔赴香港 Mega Show 第一期；由林媗、肖芷卉和雷尼奔赴广交会第二期；最后，他们梳理、评估和甄选，对期望较高的供应商进行拜访。虽然方博超、林媗、雷尼三人在半年之内相互关系变得有点儿艺术化，但他们三人均心智极高，能把情感和工作处理得很好。所谓情相连、心相吸、智相通。

雷尼、瓦修特和方达的同事于十月二十三日下午从香港回到悦城，就赶往方达梳理在 Mega Show 的工作。对于雷尼来说，悦城是他在中国的家，方博超是他在中国的兄弟，到方达就像回家一样。和往年来到方达的感觉不一样的是，雷尼此行心里多了一份惦念和期盼。进入方达的大门，看似淡定的雷尼其实心里正狂奔乱跳。

方博超和雷尼热烈拥抱，互相真诚对视，互相拍打对方的肩膀，进行男人之间的表达方式，但他们此时心里有着一个共同的秘密。在方达员工的注视下，雷尼和林媗简单地握了握手，林媗感觉到雷尼在握着她的右手时，右手食指用力在她的手心捏了一下。还有，飞快地给了她一个旁人不易察觉的异样的眼神，一个只有林媗才懂的眼神。方博超心里也很清楚，雷尼此次中国之行和以往不一样了。

中午，方博超要为雷尼和瓦修特接风洗尘。在林媗的提议下，一行七人到悦江人家吃悦城本地菜。席间，在林媗手把手的教授下，雷尼竟然学会了多年都没学会的用筷子。方博超吹了个低音口哨，说："我要是不会用筷子就好了。"众人大笑。

夜幕下的江畔 beer box 酒吧，幽幽的灯光和窗外江面泛起的岸边霓虹灯的倒影交相辉映。林媗喜欢这个清静雅致的酒吧，喜欢摇曳在杯中酒里的蓝调音乐。林媗叫了杯龙舌兰加冰，方博超和雷尼不约而同点了朗姆酒，他们不时用德语交谈几句。夜光下的林媗头发高高盘起，一袭黑色露背长裙，雅致的淡妆，双颊微微泛红。

如果有一首歌能唱出林媗同时爱上两个男人的心境，那一定是那首《喜欢两个人》；如果有一首诗能吟咏出林媗对爱的抉择，那一定是李白的那首《秋风词》：相思相见知何日，此时此夜难为情。方博超，二十九岁，一个不倚仗优越的家境而自己奋斗创业的年轻企业主，坦率、真诚、开朗、机智、幽默、浪漫，虽然一直在等待一个机会，当这一天终于到来，当他们聚首时，他却不知从何说起；雷尼，三十岁，一个远在地球那一边的深沉、内敛、有着一双让林媗心醉的忧郁的眼睛的斯拉夫男人，他深情爱上眼前这个中国女子，过去的半年犹如半个世纪那样漫长，当他终于为她而来，当爱近在咫尺，他竟也不知从何说起。看着两个不知从何说起的男人， 林媗说：“你们相信酒能壮胆吗？你们相信酒后吐真言吗？”方博超和雷尼对视，未语。

“这样的场面，真有意思。别告诉我你们经历过。反正我是第一次面对。” 林媗说完，哈哈大笑起来。两个男人第一次听见总是淡淡一笑的林媗这么爽朗的大笑。

林媗转而说：“出现问题，就要及时解决，不能让问题过夜。方博超，你不是常在开会的时候说这话吗？”方博超耸耸肩，他知道接下来林媗要说什么了。私下里，方博超喜欢林媗这样直呼其名。

林媗呷了一小口酒，双手手指交叉，放在桌面上，看着方博超和雷尼，认真地说：“你们哥俩不知从何说起，那我来说吧。我向来做事不喜欢拖泥带水，我喜欢做事光明正大，包括爱情。”

龙舌兰带来了妩媚，还有气场。

方博超和雷尼相视一笑。果然不同凡响。今晚这个场子，舍她其谁？

酒后林媗的声音像蓝调那样迷人：“这几个月空闲时，我常在想，这不是真的吧？这比电影电视剧情节还没有真实感，可是它确确实实就是真的。我们都没有选择逃避、虚伪和欺骗。为这，我敬你们！”说完，林媗举杯向方博超和雷尼优雅笑笑，微微仰头，一饮而尽。在灯光下，林媗举杯时稍仰的白皙脖颈的优美弧度尤为动人。

龙舌兰带来了性感，还有豪爽。

方博超和雷尼也一干而尽。林媗继续说："我一点儿也不会掩饰自己内心最真实的情感。我爱你们，而且随着时间的递进越来越爱。在我眼里，你们都很优秀，可是……感谢你们给予我这么真诚的情感，我经常感觉很真实的幸福，但又很无奈的痛苦……"如果此刻只有两个人，他们中的任何一个都会马上为她拭去眼角的泪水，握着她的手亲吻，深情注视。可是，他们不能，他们极力压制着，无助、无奈。方博超和雷尼第一次见识有个中国女子用英语表达情感竟也如此动人。

林媗的声音突然提高了一拍："我实在想不出有什么万全之策。你们听着，我，今年三十三岁，比你们都大，再过三年就是三十六岁。"方博超和雷尼同时乐了，这是恨嫁的节奏吗？

可是，接下来林媗的话让他们无比震惊："我，愿意用我生命中的三年来和爱情做个交易，这么说很俗，但我不得不这么做。让我们历经三年的时间考验。再过三年，我的心属那个始终爱我不变和我也爱他不变的那个人。如果三年后，我的心不属于你们任何一个，我也无怨无悔。"第三杯龙舌兰饮尽，林媗泣不成声，泪流满面。

方博超右拳紧握，第三杯朗姆酒也一饮而尽。他万万想不到林媗竟然以这样一种几乎残忍至滴血的方式来解决他们三人面临的境遇。那一刻，他对林媗的爱已升华至敬仰。

雷尼闭上了眼睛，双手抚额，低下了头。他不敢相信，他眼前的这位中国女子竟然以一种舍生求爱的壮举来释爱。

林媗去了趟洗手间，她深呼吸，尽力平复心绪，对着镜子笑了一下，走了出来。她拿出手机，拨通一个电话，说："过来接我吧。"仍然是英语。方博超和雷尼还沉浸在林媗悲壮的决定，猛又听此言，同时一惊，对望一下，满脸伤感变成了满脸狐疑。林媗叫了杯开水，若无其事地喝着。说完一番话，虽伤感，但林媗感到轻松多了。

五分钟后，肖芷卉像个仙女般站在他们面前。其实，按照林媗事先的安排，她一直在附近的一家咖啡厅待命。林媗站起身，对方博超和雷尼说："我先走了，你们继续吧。我已经申请了司机一个小时后来接你们。不要喝太多，明天要去广交会。晚安！"说罢，在肖芷卉的搀扶下翩然离去。肖芷卉还回头朝呆若木鸡的两个男人扮个鬼脸。

蓝调已经换成了小夜曲。方博超和雷尼，不是第一次见识林媗的强大气场，但此时还是深深被她折服。这要有多么强大的内心，才能做出如此悲壮的决定？这又要有多么细腻的心思，才能想到如此周密的安排？他们心情既沉重又欣喜，既对未来三年的不确定性充满担忧又因为这样一个棘手的情感问题就这样被一个睿智的女子以这样的一种方式解决而感到如释重负。他们互相拍拍对方的肩膀，久久没有言语。半晌，雷尼开口了，说："你们到底谁是老板？" 这个问题他在四月布拉格的时候就问过。继而，两人哈哈大笑。

这一晚，是林媗、方博超、雷尼这三个陷入三角恋爱中的人的一个转折点，也终将成为他们此生难忘的记忆。

第七章

Behave yourself in my country!

奔波在广交会上，林媗和雷尼专注于工作，并没有心思也没有时间顾及儿女情长，只有当中途在馆外的咖啡厅小憩时，林媗才感受到雷尼投注过来的目光里的深情。也许是那晚林媗的悲壮陈词，她觉得自己从未像现在这样轻松过。而雷尼，这个长情的捷克男人，在这些天独处的时候也总在想：三年不短也不长，为这个中国女子守候和等待三年，为什么不呢？

雷尼从没有像这次这样在中国出差这么长时间，当然他有足够的理由待得更长。他甚至第一次在中国过国庆节，随方博超驾着跑车穿行在通往悦城以北的蜿蜒崎岖的环山公路上。当方博超告诉雷尼山的那一边就是林媗的家乡时，雷尼沉默了，他觉得一路这起伏连绵的山岭像极了林媗的深沉。良久，雷尼对着远山高喊，继而方博超也高喊。林媗绝不会想到方博超和雷尼这两个大男孩在她的家乡绕行一圈，也许他们当中的其中一个会告诉她，但不是现在。

假期后，是展会后拜访合适的合作供应商的安排，他们对拜访供应商的要求很高，一般达到要求才会安排拜访。雷尼和林媗乘坐高铁去拜访一家专做个人护理用品的工厂。他们在广交会上和这家工厂的老板谈得非常融洽，对他们的产品品质也非常满意，此去是要对其做进一步的实地认识和了解。

工厂位于郊县，离高铁站有两个小时的车程。为了不给别人带来麻烦，林媗和雷尼下了高铁就直接打的士前往。在这点上，他们的做事风格完全一致，他们都不愿意轻易麻烦别人，能自己做的事情尽量不麻烦别人。

林媗和雷尼在工厂门口的一家快餐店简单吃了快餐，就直接进去了。负责接待的销售小陈大吃一惊，因为她所接待的访厂客户几乎无一例外都要求派车去高铁站或飞机场接送并安排吃饭，而眼前这两位仿佛从天而降的客户却是一路风尘仆仆跋涉而来。她心里油然升起一丝敬意。林媗和雷尼参观了办公室和样板房，并讨论了一些样板后，提出接着参观车间，小陈面露难色，她表示刚好他们最大的一个客户远道从美国来做合作中期的拜访并查验正在生产的一批货物，此时正在车间。林媗笑笑，对小陈说："没关系呀，我们只是看看车间的生产状况，并不关注你们的客户和任何与这个客户有关的产品信息。"小陈犹豫再三，最后还是带着他们进入到车间。雷尼有点儿纳闷：只是看看车间，要这么紧张吗？而林媗表示理解，她也见识过不表达合作就拒绝参观车间的工厂，在这个产品快速复制时代，这样出于自我保护才采取的几乎冷面的做法也是不得已而为之。

工厂车间分丝印和热转印车间、组装车间、包装车间。当走到包装车间入口处时，小陈突然说："包装没什么可看的，还是别看了吧。"

林媗和雷尼表示不理解，既然其他车间都看了，包装车间更应该可以看了。更何况，包装个人护理用品的包装车间是无尘车间，里面的状况正是他们所关注的。正在这时，他们听见包装车间里传来一阵吵闹声，而且越来越杂乱，甚至还有摔掷东西的声音。林媗和雷尼在对视中互相传达想要进去看看的意愿。林媗对小陈说：“小陈，我不关心你们的客户发生什么事，我只知道包装车间是我们访问贵厂必去的地方。”说完，撇下发愣的小陈，林媗和雷尼在门口换好防尘衣帽和口罩，推开车间门进去了。

和众多包装护理产品的车间一样，这里干净整洁，几乎一尘不染，具备包装此类产品的条件，只是离他们越来越近的吵闹声和无尘封闭的环境很不谐调。林媗听见了一个男人在咆哮，典型的美国音。她看了一眼雷尼，雷尼满脸惊讶。在走到靠里的包装传输带前端，他们看见了一个大约四十几岁的美国男人正指着一位年轻中国女孩狂怒，而林媗和雷尼在广交会上打过交道的这家工厂的老板站在旁边赔笑。林媗和雷尼大致听明白了。原来，这位美国客户的一批货物原定在国庆后发货，但因国庆假期延误了而导致没赶上预定好的船期，假期后工厂还在赶货包装。这位客户刚好参加广交会后顺便来访厂一探究竟，来到竟看到工厂还在赶货，便大发雷霆，当面训斥跟单的那位女孩。这个高大肥胖的美国人在这个安静的无尘车间里就像是一只立起来的熊张牙舞爪地在咆哮，吼得连防尘口罩也脱落了，旁边的女孩面红耳赤，像要快哭的样子。而她的老板却无奈地陪站在旁边，当他看见林媗和雷尼正站在旁边，无奈地朝他们笑笑。林媗留意到了美国人面前的地上散落了几盒已经包装好的产品，想必一定是他刚才摔在地上的。

如果没有听见那句话，林媗便不会走上前去，便不会发生后来的事。可是她清晰地听见那个情绪几近失控的美国人又摔了一盒产品到地上，嘶吼："Go damned Chinese rubbish!" 林媗震惊，雷尼愕然。美国人旁边的那个女孩已经开始抽泣，而她的老板显然听不懂英语，一脸茫然。包装线上的工人都露出防护罩里的眼睛看着这只发疯的庞然大物。美国人说的那句话是"该死的中国垃圾"！

没有半点犹豫，林媗快步走上前去，义正词严地说："Hey, behave yourself in my country!"（在我的国家放规矩点！）

正在狂怒中的美国人显然被这个突如其来的声音吓了一跳，他的视线转向了似乎从天而降的林媗和雷尼，刚才那句话显然是面前这位容貌清秀的中国女子说的。他快速转向工厂老板，指着林媗质问他："Who the hell is she?"（他妈的她是谁？）工厂老板一脸茫然地看着美国人，又看看林媗，再看看在抽泣的女孩。跟在林媗和雷尼后面的小陈忙告诉美国人，他们只是来参观工厂的客户。

这下美国人更是怒上加火，进而对林媗吼道："Who do you think you are? Just mind your own business!"（你以为你是谁？管好你自己的事啦！）

雷尼不干了。他那双深沉的眼眸严厉地盯着美国人，刚严地说："I tell you who she is, gentleman. She is sent by God."（我来告诉你她是谁，先生。她是上帝派来的。）在雷尼眼里，林媗的确就是上帝派来的。

事情突然变得富有戏剧性。所有的眼光都注视着突如其来的这个中国女子和这个外国男子。哭泣的女孩抬头望着他们，眼里夹杂着诧异和敬意。老板几乎是愣在那，跟在后头的小陈不知所措地站着。美国人也愣住了。还好，他从口音里分辨出了面前这位男士应该是欧洲人。但很快，他语带讥讽地问林媗："Oh, is that right? So God sent you to help me or kill me?"（哦，是吗？那上帝是派你来帮我还是来杀我的？）

但凡懂英语的，在那个场合，绝对会觉得这像是在演戏，意外、滑稽、可笑。

一鸣惊人的林媗又开口了："Then first let God know if American like killing themselves as savages in other countries? Don' t you have a better way than acting wildly when in trouble?"（那么首先要让上帝知道美国人是不是喜欢在别人的国家像野人一样自毁形象？当出现问题的时候，你难道没有别的更好的解决办法吗？）

在美国人发着愣不知如何应对的时候，林媗继续说："I bet you' ll be well-known quickly, if you don' t regret for your madness, you know how crazy the network media is."（如果你不为自己野蛮的言行道歉，我想你很快就会出名的，你知道网络媒体的力量有多疯狂。）

你一定想象不到事情到这时候该向何处发展。

美国人终于安静下来。他看着眼前这个冷艳的中国女子，他突然意识到他刚才确实是疯了，而且疯得很可怕。

美国人具有自嘲和调侃的传统，他们骨子里头有那种临危还要调侃一把的天生幽默感，并不为此感到丢脸。

让所有人意外的是，这个美国客户仿佛被上帝教化似的，突然松懈了下来，目光变得柔和了，他向工厂老板耸耸肩，语调平缓地说：“I' m so sorry, this is an accident. I' m never be that mad. If you don' t mind, can I go to your office for a cup of coffee? Or tea, whatever.”（我很抱歉，这是一场意外，我平时没那么可怕。如果不介意，能让我到办公室去喝杯咖啡吗？或者茶，什么都行。）

那个哭泣的女孩被这个滑稽的场面逗得哭笑不得，她及时反应过来，跟老板低语几句。老板做出一个伸手请的动作。

美国人对林媗和雷尼也耸耸肩，说：“Coffee together?”（一起喝咖啡吧？）好像他是这里的老大。回头还不忘说一句：“Well, I do believe you are sent by God.”（嗯，我确信你就是上帝派来的。）

林媗说：“Thanks, I have my own business. ”（谢谢，我有事做。）

雷尼补充道：“Enjoy your coffee, and talk. Bye and good luck.”（开心喝，开心谈。再见，好运。）

美国人居然吹了个口哨，若无其事地在女孩和老板的带领下走出车间。老板在出口处回头跟林媗和雷尼说：“等搞定他，回头请你们吃饭。”

林媗和雷尼相视一笑。小陈激动地对他们说：“太强了！佩服得五体投地哇！”

一场闹剧就以这样一种方式结束。

林媗和雷尼参观完包装车间就径直向市区奔去。他们情愿在浪漫的鼓浪屿漫步谈心。在秋水共长天一色的海边，雷尼第一次拥吻了林媗，深情地，敬慕地。

因为产品的差异化问题，方达最终没能与这家工厂合作，但中国女子林媗智斗凶猛的美国人、助工厂化险为夷这件事，在这家工厂和当地成为佳话。

在国际贸易合作中，不卑不亢、不骄不躁，展示自身素质和形象，维护公司形象和利益，维护祖国尊严和利益。林媗一直这样做着。

第八章

隔墙有耳

又到了年尾和数据奋战的时候。十二月的最后一个星期六，阳光明媚，适合有情人相约相聚。约好的要去探望在外地工作的男友的肖芷卉不得不忍痛爽约而在办公室里加班，汇总外贸部的整年逐月的销售数据，赶在下周一提交销售报表。周五下班前她的电脑坏了，向林媗汇报并说明要加班后，林媗把自己办公室的钥匙给了她。虽然一个上午几乎眼睛一动不动地对着无休止的数字，头晕脑涨， 但坐在林媗宽敞舒适面江的办公室里，即使加班也是一种享受啊。一直到近下午一点，赶完一大半数据后，肖芷卉才到公司楼下餐馆吃了个快餐，又速速赶回来，想先眯一会儿再继续战斗，便关了前台灯和办公室的灯（一般公司如有人加班都会把前台灯开着），躺在林媗办公室墙上那幅抽象画下的沙发上睡着了。

不知道睡了多久，似梦非梦中，肖芷卉好像听见公司大门开了，还有人在讲话，她马上清醒，心想还有谁像她这样拼命，周末也在加班。公司的门是指纹识别智能门，只有公司内部的人按指纹才能进来。肖芷卉爬起来收拾一下，正欲打开门走出去看个究竟时，迅即又折回来。她听见了一男一女两个非常熟悉的声音，是开发部的经理陈文昇和外贸一组的组长范书瑶。听动静陈文昇好像喝醉了，脚步很不稳，走路不时撞到门和墙，而范书瑶应该是扶着陈文昇，艰难地朝里走，好像正朝陈文昇的办公室走来。陈文昇的办公室就在林媗办公室隔壁。是不是范书瑶在路上遇见了喝醉酒的陈文昇便帮忙扶他到公司休息？这样想着，肖芷卉正想出去帮忙，却听见范书瑶小声说："还是去你家吧，在办公室多不好， 我有点儿怕。" 肖芷卉猛一惊，立在门边，不知所措。紧接着喝醉酒的陈文昇的声音已近在门边："别怕啦，宝贝，没事的啦，周末有鬼的人啊。在办公室里才够刺激啊。"啊……？原来他们……！被如此意外砸晕脑袋的肖芷卉顿时觉得快不能呼吸。

陈文昇是台湾人，节假日回台中和妻女团聚，有时她们也来悦城探望陈文昇。但对于此刻陈文昇公然和女同事周末闯入办公室欲行苟且之事，肖芷卉除了震惊之外其实也没有太多的意外，因为此前听办公室女同事聊八卦时说起过曾在天桥上多次偶遇陈文昇揽着不同的女人招摇而过。肖芷卉所不知的是，就在她刚才外出午餐的当儿，范书瑶按照陈文昇的要求打了个电话到公司，而总机一直无人接，于是他们便确认公司无人才来的。

肖芷卉伫立在门边，听着门外边的人一点一点往里走，深怕他们经过时不小心撞开了林媗办公室的门。这个时候，午睡后偶遇一场意外的肖芷卉大脑缺氧了几秒，她闭上眼睛，深呼吸，努力让自己平静下来，睁开眼，听见范书瑶扶着陈文昇进了他的办公室，随手带上了门，她这才相信是真的。平日聪颖敏捷的肖芷卉迅速把电脑的音量调到最低，把手机调到静音，把位置上所有可能会发出声响的东西如电话都掐了声源。她突然觉得很可笑，这年头遇贼贼不怕，反倒捉贼的心虚。但她又能怎么办呢？她没有别的选择。如果出去，林媗办公室的门响动肯定会吓惊隔壁那对狗男女，更别说打开大门口智能锁的电子提示音了，而继续旁若无人地工作已是不可能，她只能这样忐忑不安地坐着，心里暗骂：奶奶的，好像是我不要脸似的，悲催！她很想喝水，但也只能忍着，因为茶水间在离门口最近的前台边上。

肖芷卉一直屏住呼吸、竖起耳朵，可十几分钟后，悄无声息。难道他们是来睡觉的？要不趁机去倒杯水？肖芷卉正这么想着，突然一声沉闷的响声吓了她一跳，当然是从那里传来的，但她辨别不出来是什么响动，隐约有点儿像是人滚动到地上的声音。她心里狂跳：不会吧？这么剧烈？她知道陈文昇办公室里有一张双人皮沙发。呃，对啊，沙发确实不够长，也不够宽。紧接着的这声响肖芷卉听出来了，那是高跟鞋被扔地上的声音。肖芷卉并没有像那则笑话里的那位整夜守等楼上扔第二只高跟鞋房客那样煎熬，她很快听到了第二只高跟鞋也被扔到了地上。一阵悉悉索索的声音之后，是连续的呻吟声，有时是范书瑶的，有时是陈文昇的，有时是两人同时的，偶尔夹杂范书瑶的低叫和陈文昇的紧促模糊的嘟哝声。肖芷卉打了个冷战，浑身起满了鸡皮疙瘩。妈呀，这对狗男女，平日里真看不出来呀，那陈文昇在妻女远不可及的悦城拈花惹草，在方达已是人尽皆知，但平日里他待人还算随和，而且和很多台湾男人一样彬彬有礼，肖芷卉对他印象并不坏。可今天，就在一墙之隔，在他经常和下属谈工作的办公室里，这个道貌岸然的台湾男同事正在和他的一位女同事做无耻之事！一个巴掌拍不响，那个范书瑶也不是什么等闲之辈，仗着是方达的老员工和小组长，经常对老实的或新来的同事颐指气使。范书瑶，长相秀丽，身材高挑，衣着时尚，具有悦城本地女孩常有的傲慢和优越感， 全公司都知道她暗恋方博超，也一直在努力突破机会能攀上她的高富帅老板，可她明显不是方博超喜欢的类型。自从林媗被特聘来方达并成为她的顶头上司，范书瑶如临大敌，她时常看似无意地制造一些麻烦或违抗工作安排后又做出一副无辜样，但总被林媗低调处理或巧妙化解。后来方博超竟携来公司没多久的林媗出国谈判让她咬牙切齿了好一段时间。在方博超和林媗与莱利克斗智斗勇的那些天，她在办公室里也嚼烂了舌头。方博超和林媗回国后没多久，按照方博超的指示，程可把林媗在莱利克那两段精彩得如演讲般的谈判视频发放到公司企业 QQ 上和微信群里，以此作为员工学习的范例，看到、听到全公司人对林媗的赞叹和佩服，尤其看到方博超看林媗时那不一样的眼神，她知道，她的梦想破灭了。

肖芷卉知道，范书瑶对她的上司林媗是羡慕嫉妒恨，对林媗的得力助手肖芷卉自然是恨屋及乌，时常找找茬亦是家常便饭。肖芷卉常常心里叫苦，有时想：这么个气焰嚣张的女人，哪个男人敢要啊？

可现在，就在咫尺，就在耳边，那个道貌岸然的陈文昇和这个专横跋扈的范书瑶正在方达公司的办公室里上演着一部激情大片！ 她想破脑袋也想不到他们是怎么勾搭上的。肖芷卉掐掐自己的左脸颊，真实的痛，再摸摸那堵墙，隔壁的异响正透过她的手心传到她的耳朵里来。她想象下周继续和他们在工作上来往时，她眼里的世界已经变了。她突然想起了最近挺流行的两个名词：心机婊，腹黑男。此时此景，肖芷卉觉得这两个词是为隔壁那对狗男女量身定做啊。肖芷卉心里不由怪笑了一下，也不由自主地想象着那两人正如何苟且龌龊，想着竟不觉双颊潮红，心跳加速，体内有股热潮正往上喷涌。她突然觉得陈文昇那远在台湾的老婆很可怜，任由自己的男人在千里之外不知和多少个女人疯狂蝶乱。同时，她也突然想起那在外地的男友，他们不在一起的时候，他会不会也会和像范书瑶这样的女人上床？肖芷卉不禁打了个寒噤，不敢想象，继而愤怒：如此男女真正禽兽不如！

肖芷卉在煎熬中熬过了漫长的一段时间，她看看手表，时间已是下午四点。她听见隔壁的声响渐渐缓了下来，最后又悄无声息，好像无人似的，但很快她听见了很响的呼噜声。陈文昇这个渣男就像只肉欲动物，她心里无比鄙夷。几分钟后，隔壁门开了，是范书瑶出来了。这个无耻的女人是穿着衣服出来的吗？正想着，肖芷卉听见范书瑶走到林媗办公室门口停了下来，她立刻警觉起来：她不是要进来吧？她觉得浑身汗毛都竖起来了。马上，她听见范书瑶压低了声音在打电话，讲的是悦城方言，应该是跟她要好的闺密什么的在说她刚才的风流艳事。如此无耻，偷完情还要打电话和人说说感受。肖芷卉断断续续听见外面那个淫荡的女人在说："台湾男人真像恶狼，一遍又一遍，还不满足……"肖芷卉还没有从刚才隔壁的剧烈煎熬中缓过劲来，又马上陷入到对门外这个不知羞耻的女人说的话的深深痛恨中。就这样不知羞耻的人，竟然还斗胆挑战林总监，竟然还有脸攀金枝玉叶的方总。想到这，肖芷卉心中满是对范书瑶的厌恶。她听见范书瑶打完电话去茶水间喝水的声音，马上又愤懑起来，她在这里被迫焦渴难忍，而那无耻之人竟正在大口喝水！

范书瑶从茶水间返回时，肖芷卉再次觉得心快提到了嗓子眼儿。所幸，那个女人一心想着快回到她的偷情郎身边，并未停留。肖芷卉听见范书瑶在不断地叫醒陈文昇。哼，还有点儿自知之明，你以为办公室真的就是偷情的，想来就来，想睡就睡。她真的受够了，希望这对肮脏男女快点走！隔壁传来陈文昇这个伪君子心满欲足地醒来后又和范书瑶打情骂俏的声音，但很快听见两人打扫战场的声音。终于，在下午四点半，他们才走出了办公室。

肖芷卉像经历过一场漫长的劫难一样，心情极其复杂：为有这样的同事而感到羞辱，为堂堂办公之地发生这样的事情而感到愤怒，为方总不知有这样人面兽心的员工而难过， 同时，她觉得她应该是老天助她一臂之力，让她无意中手握日后能护佑自己的筹码。

确定外面无人后，肖芷卉几乎冲向茶水间，狠狠地喝了两大杯水。

接下来，肖芷卉努力让自己镇定下来，从包里拿出随身带的清凉油，往太阳穴上猛擦，重新回到办公桌上，继续奋战数据。

晚上八点，正在家里笔耕的林媗接到肖芷卉的电话，说请她打开电脑查看邮箱里的销售报表，如果没问题，她想下周一请假。林媗检查了几遍确认无误后，应允了，心还想着：这丫头一定累坏了。她打心眼里喜欢纯洁善良、聪明伶俐、做事利索、责任感强的肖芷卉，每次出差总会带点小礼物送给她，上次从捷克带给她的香水让她喜欢得不得了。林媗不知道，这个女孩今天见识了一场办公室如此腌臜不堪的情事，让她纯洁的心灵受到极大的冲击。

这个心细的女孩不忘把钥匙塞在林媗办公室门下面，并发信息告诉了林媗。星期天一大早，肖芷卉乘坐早班车赶往在外地男友处。若不找个可靠的人倾诉一下，她会郁闷死，最主要，她带着对有些重要事情看法的疑惑想和男友探讨，并很想知道男友的想法，比如办公室恋情，比如爱情和欲望，比如婚恋观……

第九章

没事别惹女上司

元旦假期后，一股强冷空气席卷悦城。接连几天的冻雨，让满城透骨奇寒。新年后，方达会议室里的第一次供应链会议正如火如荼地进行着。与会的有关部门围绕着从供应商供货到方达发货给客户的整个链条上所出现的问题展开激烈的讨论。和以往一样，各部门负责人都惯于站在各自部门的立场上发言，为自己部门辩护开责并指责别的部门的不作为而导致问题的产生。

方博超平时不参加供应链会议，但那天他突然想看看开了那么几年的供应链会议是个什么样子。他一直忍着在听各种抱怨和指责，不禁对这个会感到失望。他再看看林媗，她倒好，一直在聆听，没有发言，对别的部门的责难也没有答复。方博超倒是希望林媗在这样的会议上再次展示林媗 Style。

这时，设计部门的经理询问开发部经理陈文昇为何本应去年年底就该公布的新产品开发到现在还没有公布以致延误了设计部的工作计划。冷不丁的提问，并没有让陈文昇慌乱，这个老成的台湾男人一如既往地不紧不慢地回答：“抱歉啦，我也知道这样不好，但确实不是我们工作没做，而是我们早就把新品发给了销售部，等销售部的意见反馈啦，这要问销售部啦。”按照流程，凡有新品开发出来，首先要由销售部发给老客户，销售部征集老客户意见再反馈给开发部，最后由开发部统一发给设计部。而年底的那次新品客户征询意见，林媗已经审阅签字并交由肖芷卉递交给了陈文昇，事后肖芷卉也向林媗确定了此事。那还是在肖芷卉加了那次倒霉的班之前的事。

当所有目光一齐指向林媗的时候，陈文昇不忘补充一句：“可能是林总太忙了，忘记了吧。去年销售业绩不好其实也没关系，我们还是一如既往大力支持销售部的工作。”

来方达一年后的林媗已被提拔为副总，管理公司销售团队，包括外贸和内销，位在其他各部门经理之上。林媗知道，陈文昇迟早有一天会找她发难，而她早已做好应对。肖芷卉上次调休回来后就来向林媗说了陈文昇和范书瑶在办公室里的苟且之事，林媗听了后非常震惊，也感到万般痛恶，无法接受。她认为范书瑶如继续当小组长将是对团队的侮辱，于是，她果断地撤了范书瑶的职，让三组另一位品行兼优的同事当了小组长。感到颜面扫地的范书瑶本就嫉恨林媗，此事之后更是耿耿于怀，并私下誓言要一雪前耻。陈文昇刚才补充的那句话，才是他的真正用意：他想借这个有老板在场的高层会议上当面让林媗难堪，因为去年公司的销售额比上一年有所下降。

已经不是初来方达时那个处处谦让的林媗，这时仍纹丝不动地坐着。她合上笔记本，平静地说：“陈经理，是你太忙了，忘记了销售部已经把新品意见报告提交给你了。我还记得是元旦前的那个周六下午你在办公室加班，我也在加班，我拿给你的，你再想想。”新品意见报告已交给开发部没错，只是此时林嫤把递交时间推迟到了那个陈文昇和范书瑶行苟且之事却不知隔墙有耳的星期六。

众人齐刷刷把眼光转向陈文昇。

有一种感觉叫生无别恋，如去年和外表傲慢、内心丑陋的范书瑶共度的那个销魂的星期六。有一种感觉叫生不如死，如此刻面对优柔的女上司却觉得万箭穿心，箭箭见血。毫无预兆地，他就一下子从报复的快感掉进了被折磨的地狱。他怔怔地坐着不动，看着不动声色的林嫤，感觉像见了鬼。但陈文昇也不是楞头小伙遇事没了主见，他心里抖了抖，努力让自己平静下来，梳理一下在哪个环节出了差漏。回想起那个周六，他喝醉了酒，但人还是清醒的。首先，他让范书瑶打了电话到公司，前台很久都没人接，公司一般如有人加班都会接前台电话的，说明公司没人，但也不排除那天公司有人在加班，碰巧在电话响的时候出去了。还有一种可能，公司里一直都有人，电话响的时候也没出来接，而这个人就在公司的某个角落里藏着，看见了他和范书瑶。那这个人是林嫤吗？想到此，陈文昇觉得毛骨悚然，觉得这事的恐怖程度堪比惊悚片。

林嫤在得知陈文昇和范书瑶在办公室里放浪偷欢后的第一反应是：此事性质严重，不容姑息。她还没来得及也还没想好该如何向方博超反映此事，这不知好歹的陈文昇却主动送上门当炮灰。

有段时间网上疯传意大利画家 Marco Melgrati 的一幅创意画，题为“你永远不知道你玩的是谁”：一只猫隔着一堵底下留着洞眼的木板在引逗木板对面的一条蛇的尾巴，但它看不见蛇的全身也不知道那是条蛇，而木板后的蛇昂首挺胸，早就对小猫的动态了如指掌。这幅画揭示了人际关系中普遍存在的一个现象：请尊重每一个人。有时你看到的只是一点点，其实别人早已看清你，只是不想轻易伤害你而已……

处在这个极度尴尬境地的陈文昇突然很后悔没经过全面考虑就当众抛出了想刁难林媗的话，结果是搬起石头砸了自己的脚。但话已说出口，不可挽回，现在最关键的是不让话题继续。陈文昇努力让自己平复下来，故作回忆状，然后拍拍脑袋，笑笑说："哎呀，对呃，我记错了，确实是已经给了的啦。看来真的是老了耶。林总，对不起哈。"

林媗淡淡一笑，依然平静地说："没关系，谁都有记错的时候，关键的事情不要记错就好。另外，陈经理周末也要回办公室加班，精神可嘉，但要保重身体啊。"对众人来说很平常的一句话，对陈文昇来说如针扎在心，虽然话中有话，但他还是暗暗庆幸自己和范书瑶在办公室里偷情的事没被当众曝光，至于下一步，再说吧。事情已经成这样了，见招拆招吧。

一直在聆听和观察的方博超感觉到了蹊跷。他站起身说："你们继续开会，尽量精简内容，提高效率，开完会要着力解决问题，不要浪费时间瞎扯。会后请林媗到我办公室来一下。"最后的这句话让好不容易松口气的陈文昇又紧张起来。

会议结束后，陈文昇赶紧发信息给范书瑶，告知他们的事情已被林媗知道。范书瑶大惊失色，再次回忆起那天办公室里的每一个细节，但她实在想不起来有什么疏漏的。突然，她想到了什么。那天，她和陈文昇在他办公室里的地毡上腾云驾雾，完事后，趁着陈文昇熟睡，淫饱欲足的她拿上手机走出来，准备打电话告诉她最好最私密的朋友她现在嗨到爆的状态，路过林媗办公室的时候，她当时心里一丝闪念，想推门进去看看这个让她嫉恨的女上司的江景办公室，虽然她知道办公室可能上了锁。可是电话接通后，她又打消了这个念头，边接电话边往前走了。这么看来，那天林媗一直在她办公室里？范书瑶现在才明白为什么她被撤了组长的职。范书瑶打了个哆嗦。这个心浮气盛的女孩在那一刻觉得自己一直以来刻意在追求的东西幻灭了， 准确地说，是被自己毁了。她当下做了个决定。

如果公司有人做出了超越道德底线的事情，是公司所不能允许的。在这点上，单身的老板方博超和单身的外贸副总林媗有着高度的一致。林媗不想转述她没有亲眼所见的事情，便叫肖芷卉对方博超当面讲述。方博超想不到他苦心经营、一直致力于倡导健康快乐的企业文化，公司里竟有人置个人和公司颜面于不顾，做出如此龌龊的事情。如果此事可原谅，那么还有什么事情不可原谅？做人做事的底线在哪里？方博超怒火中烧。良久，他做出决定：

此事不可扩大化。目前除了当事人、肖芷卉、方博超、林媗和张琳娅知道，如果再有其他人知道，将追究传播者的责任。

对陈文昇和范书瑶做出严肃处理。撤除陈文昇开发部经理职位，此职将由品行兼优的合适人员担任；两人需在一周内做书面检讨并呈交总经理。

人力资源部重新审查公司管理各条例，如有漏洞，马上补漏。下班后、周末和节假日如需加班，必须先取得直接上司的书面同意，否则，按违反规定处理；公司大门增加一把人工 U 形锁，统一由前台保管，上下班由前台开关。

办公重地，应慎言慎行，不得有轻浮、放纵之行为举止。

林媗由衷佩服从小在军队大院里长大、有着良好家风家教的方博超遇事讲原则、不姑息、不纵容的处事风格，这与林媗不谋而合。

张琳娅当天就公布的方博超做出的第二、三、四点决定， 如同重磅炸弹一样在全公司八十多号人中炸开了锅。公布文件没有说明陈文昇因何而被撤职，但很容易让人把几点再加上此前范书瑶也被撤职联系在一起，让人猜测联想。

张琳娅赞同方博超的决定。公司对这种耻辱事件不可纵容、包庇，应当机立断做出处理。个人道德品质不可凌驾于公司形象利益之上。公司的长足健康发展远胜于个人的颜面前途。事件很狗血，处理很冷血。其实，没点名批评，已经是很人性化处理了。

本就不是同林鸟的陈文昇和范书瑶，大难临头不仅各自飞，还互相撕扯。陈文昇，这个滥情的台湾男人，为了贪享个人欲望，把办公室当作寻求刺激的场所。事发后，并没有认识到自己的过错，反倒认为公司大惊小怪，他的理由是，连美国总统都和他秘书在椭圆形办公室里偷腥，为什么我们不可以？大陆人要么会装，要么会整。他同时也责怪范书瑶做事不够认真，没确定办公室是否有人就跟他说没有，要是知道有人，他也不会去呀，也责怪范书瑶进办公室后没有里里外外仔细检查一遍，更责怪她不应该让他去挑衅上司。而已在公司抬不起头来的范书瑶面对前不久还在和她卿卿我我、事发后无情责怪她的这个男人，心里充满羞辱和怨恨，若不是这个变态男人百般勾搭，她怎么会和他搞上？若不是这个变态男人极力要去办公室里寻求刺激，她怎么至于落得如此狼狈境地？

林媗在范书瑶的辞职信里批注了几个字：好自为之，从新开始。

春节后，陈文昇再也没有回公司。

范书瑶和陈文昇的相继辞职，让小心灵饱受煎熬的肖芷卉如释重负。那段时间里，她一看见那两个人就觉得反胃，两人在办公室里苟且的画面不时在她脑海里浮现，她总忍不住要打电话给男友问他在干什么。不得不说，那场戏剧般的事件对正值芳龄的肖芷卉来说，也是一次成长的契机。

没事别惹女上司，这几乎是职场中不变的真理，不信你试试？

第十章

你以为你是谁?

林媗正在审阅内外销各组提交上来的部门本月绩效考核，她已嘱咐各部门有事等她考核完再来找她。偏偏这时，外贸一部的主管俞婧敲门进来，说有很重要的事情必须马上得到指示。林媗无奈，放下手头要事聆听。

原来，由一个澳洲客户指派的第三方验货行的验货员正在工厂查验货物。货物品质本无问题，但不知为何那个验货员验完货就待在厂里不走，一直耗着，就是拒绝对货物签验合格。而那批货是要检验合格后马上运走赶船期的。林媗蹙了下眉头，问俞婧：“方总不是在厂里吗？为什么不请示他？”俞婧无奈地说：“方总也说今天任何事情不要打扰他，他在闭门开产品研发会。” 林媗突然意识到，再忙也不能对下属说别来打扰她，他们需要她，才会不合时宜地来找她，否则她作为上司的意义何在？

林媗沉吟几秒，放下绩效考核，准备晚一点再忙。她基本能断定那位验货员不放货并耗着不走的原因，事情并不大，但关乎原则，必须当机立断，马上解决。她对俞婧说：“去转告一下，外贸三部的主管现在马上跟我一起去工厂。”

果然，和林媗预料的一样，那位验货员正坐在验货室的椅子上玩手机，晃着二郎腿，拽拽的样子，眼角瞄见来了几个人，仍继续玩手机。林媗直截了当地问："请问货物是否已验好？"

验货员这才抬起头来，瞅了一眼眼前的林媗，懒懒地说："验好了，怎么了？"他并不关心来者是谁，这里他是老大，他在决定着这批货的命运。外贸江湖，谁人不知验货员的威力？

林媗问："那么，货物有问题吗？"

验货员说："货倒是没问题，人有问题。"一副爱理不理的样子。

林媗紧接着问："你是来验货，还是来验人？"

验货员放下手机，盯着林媗，说："货要验，人也要验。货不懂事，人要懂事。"

林媗佯装不懂，问："嗯？人怎么了？"

验货员来劲了，看来他们是真的不懂，他最喜欢开导和感化不懂世事、不懂行规的人了，也最喜欢和傻乎乎的人打交道。他终于露出一丝笑意："不懂了吧？货没问题，但要让人高兴，这货才能走啊。"其用意已经非常清楚。三个主管相互看了看，都看着验货员，看他们的领导如何演戏。

林媗装作恍然大悟的样子，敲敲脑袋，说："哎呀，对呀，可是怎样才能让人高兴呢？"

验货员心里暗自欢喜，终于开窍了，他晃了晃右手，叉开五根手指。满脸痞相。

林媗按捺住心底的愤怒，暗自算着：这批货总价值 3 万美元，除去材料、人工、损耗、运输等成本，纯利润不到 1 万美元，这是新客户首单，从发展客户到谈判再到合作，中间经历了漫长而艰辛的过程，终于到了可以顺利出货，反被验货行这个无耻败类咬着不放，并乘机猖狂敛财。

林媗突然叫了一声：“啊？原来你们验一批货要收 500 元好处费的呀？”验货员被林媗无辜的叫声吓了一跳，四周望了一圈，心想：还真遇上这么不懂行情的傻子。他及时补充道：“至少。”他为很快到手的小费暗自高兴。

林媗装出羡慕无比的样子，说：“唉，早知道我也当验货员，每天都有额外收入，真好。你们每天至少要验两批货吧？”

验货员上下打量一下林媗，心里鄙夷地想：就凭你这不开化的傻样，还当验货员，他嘴上还打着哈哈，说：“少则两批，多则三四批，对我来说，越多越好。”

林媗无比向往地说：“太厉害了！这样的收入，估计房子都得有好几套了吧。”此前，曾多次听说过验货行内幕的事情，知道不少验货员靠额外收入发家致富的事情。

验货员亦是无比骄傲地说：“还行吧，每天奔波劳碌不就是为了这个嘛。”他看了看手机上的时间，“我要赶着去下一家厂。”说完看着林媗。

是时候了。

林媗收回满脸无辜的傻样，突然厉声说：“你早就可以走了，只是你不想走。如果你查验了货物没问题，就请在验货报告上签字。钱，我是不会给的。”

突然变得一身正气的林媗，吓了验货员一大跳。这些年所到之处，从来都是工厂让验货员三分，这是在找死啊？他火了，扬了扬五根手指，也厉声说：“你以为你是谁？这个，是小意思，你现在就算给我，我还不想签呢。”

林媗早就火了，她啪地拍了拍桌子，义正言辞地说：“你以为你是谁？你以为谁都必须和你同流合污？验货行的风气就是被像你这样的害群之马搞得乌烟瘴气！” 林媗常听不少同行诉苦，如今验货员都是爷，都不敢得罪。在原则和污浊面前，大都选择忍气吞声，息事宁人。但正是这样的态度也助长了验货员的嚣张气焰。

林媗对俞婧使了个眼色。俞婧指指隐藏在衣领里的微型摄影机，说：“你刚才所说的一切，都已经录在里面了。”

验货员傻眼了。他明白，今天是碰到了貌似傻瓜的高手。他突然后悔太大意，忘乎所以，说得太多太显了。在这个声色俱厉的女人面前，他不禁噤若寒蝉。

林媗根本不屑与这样的人多费口舌。她说：“要么签字，要么我来处理后事，我还忙着呢，这些破事原本不用我来处理。”

验货员慌忙在验货报告上签了“PASS”并签了名字，仓皇离开。

林媗嘱咐俞婧把验货报告拍照留底， 然后对大家说：“今天之所以叫大家一起来，就是想解决一个一直悬在心头的事情。你们都看到了，以后再遇到这样的事情，不必再来问我，坚持原则。”

这时，方博超从办公楼下来，看到了林媗他们，他说：“真巧了，一起吃饭吧。”林媗没好气地说：“一堆事情等着忙，走了。”

方博超看着像一阵风似的来之即走的林媗的背影，也得知了刚才所发生的事情，再一次感叹水深如海的外贸行业太需要像林媗这样的风清气正之士，对这个他一直爱慕着的女子的敬爱又提升了。

第十一章

带着爱去工作

如果用一句话能概括林媗的工作境界，一定是那一句——“带着爱去工作。”

“带着爱去工作。爱，是一切的原点。”林媗，这个浪漫极致的女人，这个充满爱心的善良女人，很自然地把她的爱带到了工作中。

“向工作倾注的爱，就是最好的老师。它能让你倾听到产品发出的‘窃窃私语’，甚至听到产品的‘哭泣声’。当你把一个个产品完全当作自己的孩子，满怀爱，细心观察时，必然就会获得如何解决问题、如何提高制成率的启示。”林媗一直喜欢稻盛和夫的管理哲学。

国际贸易界众所周知的 CNY（中国年）赶货、延货问题（即中国新年前后中国工厂赶货、延期交货），一直是让千万中国中小企业无能为力、亦让众多国外买者望洋兴叹的老大难问题，在国际间常年延续，悬而未解。方达，虽贵为悦城男士个人护理产品行业老大，但仍无力摆脱 CNY 赶货、延货问题的困扰。因为这绝非个别企业的小问题，而已经成为社会问题。在今年春节前那段艰苦卓绝的赶货日子里，虽然非常清楚个人的力量不能改变什么，但林媗还是身先士卒，穿着防护服、戴着口罩，七天七夜（白班加晚班，除了晚上睡觉）坐在包装车间的 U

形输送带旁，和其他包装工人一样，紧张地包装产品。在这七天里，专注包装的林媗深切地体会到了中国工厂一线工人的艰辛（虽然方达的工人待遇之好在远近都是出名的），从跟他们在忙里偷闲或休息时间的聊天中，感受他们对工作、对美好生活的期待。为了不给工人们添麻烦，林媗在最短的时间内学会了包装技巧，休息时间也在练习。她深深慨叹，在中国，每天有多少像方达这样的“中国制造”企业的工人日夜工作在车间，生产和包装出数以亿计的产品，再经由千千万万像林媗这样的外贸工作者们的努力，陈列在世界各地的商场超市里，被世界各地的人们所购买和使用。那一包包、一盒盒包装精美的产品，饱含了中国一线工人的心血。世界各地的人们享用着中国工人加班加点赶制出来的产品。每年的旺季，比起闲暇轻松的时候，中国一线工人情愿在这样的忙碌中付出辛劳甚至健康，因为“忙”意味着他们能够挣得更多。林媗的动作渐趋熟练，她饱含深情地看着手中一只只未包装的产品，极尽温柔地包装着，看着自己包装的产品随着输送带的传送，一盒盒渐渐离开她的视线，她眼里满是温柔，好像在目送自己的孩子远去。

在特殊时期，方博超总会和厂长一起巡厂。他在清一色衣着无二的包装工人中一眼就认出了依旧坐姿优雅的林媗。看着林媗娴熟的动作和其他工人的默契配合，他在那一刻觉得，相识至今，此刻穿着防尘服、戴着口罩、在车间聚精会神工作的林媗，是这些年林媗在他心目中所有形象中最入心的。此刻，他还因为他的外贸总监在车间里和工人们一起赶工而感到愧疚，虽然他知道以他一己之力并不能改变这种现状。这个年轻的企业家，在那一刻的最强烈的愿望就是，希望以举国之力能改变CNY赶货、延货的社会问题。如果不是此刻在车间，他倒希望能和他爱的人在江边散步。

对于深爱着林媗的方博超来说，能邀她到江边散步是极其奢侈的，因为他不愿看到漫步在微波荡漾的悦城江畔而她的眼神里流露出对伏尔塔瓦和心里一直深藏那对眼睛的眷恋。然而，如果方博超换一种方式，林媗是非常愿意的。比如，阳春三月的今天，三月十日，方博超邀请他的管理层员工到他的绿凇湖畔的别墅庆祝他三十一岁生日，并要求大家每人做一道菜。林媗喜欢这样的不奢侈浪费、自给自足的庆祝方式。

在开放式厨房里，来参加活动的九个人轮流忙碌着。方博超坐在吧台旁，一边为大家奉献咖啡和果汁，一边无比惬意地看着大家。他见林媗并没有着急准备自己要做的菜，而是一直在帮着同事们打下手，不是择葱剥蒜，就是为同事端茶递水。方博超实在忍不住问林媗："你到底做啥好吃的，要让人等到脖子都疼？"同事们都知道他们的方总喜欢林媗，于是都笑起来。林媗说："脖子疼也没办法，我做的是鱼，必须要趁热趁新鲜，所以必须要最后才做。"

呷着咖啡，看着系着围裙的林媗在吧台对面的烹饪区忙活是种无与伦比的享受。春天清雅的阳光清洒在林媗柔和的身姿，她不时朝都已准备好而都在看她忙活的大家笑笑。正如专注工作一样，林媗专注地、熟练地进行着每一个程序：把调好的料汁抹匀在洗净的鱼上，放入油锅里炸至金黄，捞起，盛放在她自带的一个精美的鱼碟里；把已切成大小均匀的金黄色的芒果粒放入白淀粉水中，加入少许鱼汁酱，放入炸过鱼的锅里，过油煮沸腾，浇在鱼上，再撒几粒葱花。色彩鲜明，色香味诱人。

当林媗把她的作品“香芒扒鱼”端上桌时，顿时一片惊呼，连方博超也和大家一样，惊呼着抢先拍照。拍完照，竟都不忍下筷。在方博超眼里，菜如其人，这道精美作品的出场，就和它的烹制者一样，哪场不是惊艳出场?

方博超要求大家打分。在场十二人中，除林媗外，所有人都把最高分投给了林媗。这个以优雅和睿智折服方达人的女人，再一次以她的厨艺征服了方达人。

方博超说：“谈谈获奖感言吧。”林媗笑笑，说：“你们喜欢看稻盛和夫的书吗？我很喜欢他的那句话——‘带着爱去工作’。套用这句话，我的经典名言就是——带着爱去烹饪。把爱化作缤纷的色彩，把爱变成浓郁的香味，把爱调成鲜美的味道。心里、眼里、嘴里，满是爱的味道。”真不可思议，做一道菜竟能琢磨出这么精致的道理，这就是已经深入到方博超灵魂里的那个林媗!

在三十年里，方博超收到的生日礼物中，最特别的莫过于——“带着爱去烹饪”和带着爱烹饪出的那盘满是爱意的香芒扒鱼，出自他深爱着的这个女人。这个女人，带给他三十年来从未有过的身体里所有的感觉之巅，她对做任何事情都自然表达出的专注和热爱，让他感动与疯狂。

如果在遥远的布拉格，有双眼睛隔着千山万水在眺望，那么，在带着爱去工作的林媗的身后，有一双满是爱的眼睛在关注着她，那是方博超的眼睛。

第十二章

走向国际的 Mr.Clean

曾经蓬勃发展、席卷全球的中国制造，在政治经济形势瞬息万变的当今进入了一个相对减缓但渐趋成熟的阶段。在国际贸易的浪潮中，谁能抓住主动权，谁就将成为未来外贸领域的领军者。在中国制造的前行之路上，不少专依赖贴牌生产并出口的企业纷纷转而创立自己的品牌。然而，不是谁都能走创品之路。总有人成为商海的弄潮儿，也总有人在大浪淘沙中殒没。世界之大，外贸路之长远，总有企业要出头，走创品之路，总有企业墨守成规，继续贴牌以生存。然而，有越来越多的企业在守着贴牌老本时，同时开创品牌之路。

曾有人说，创品之路是一条凶险之路，也许前途光明，也许此去末路，对于勇闯品牌之路而壮烈牺牲的企业来说，也许那是一条血泪之路。但在中国制造在国际经济大潮流中面临潮去汐来时，众多的中国制造依然勇往直前， 方达就是其中之一的勇者。方博超，这个具有远见卓识的新一代年轻企业主，在开创自己的企业前积累了丰富的国际贸易的基础。早在德国做小本生意时，方博超就已在琢磨将来时机成熟后创立自己的产品品牌。从公司成立起，他就在为创品打基础、做规划，公司品牌部门直接由他主抓，在公司曾经面临困境时，也从未放弃过。经过几年的规划、国内国际市场调研、打磨，方达的创品之路日趋成熟。可以说，方达的创品之路，凝聚着方博超和方达人的智慧、毅力和坚持。

经过近一年的后期准备，经过几年打造的方达的品牌推出已势在必行。考虑到国内知识产权的不完善，方博超决定在今年拉斯维加斯春季消费品及礼品展上隆重推出自主品牌——Mr. Clean系列男士护理用品。为此，方博超的展会团队花重金预定了展会期间的品牌推介展示论坛，由林婠担当介绍和展示品牌的大任。这样的安排再次凝聚了方博超的过人胆识和智慧：国际大展通常分春秋两季，选在春季推出，意在一年之计在于春，春天推出，秋天收获；定在拉斯维加斯，是充分考虑到战略合作伙伴莱利克在欧洲的市场利益而转战美洲并借由开拓美洲市场；而气质出众、外语水平超群、应变能力超强的林婠则是介绍和展示品牌的最佳人选。一切准备就绪，只待水到渠成。

拉斯维加斯品牌展示论坛，是一个面向国际专业采购商的国际专业化论坛。展会主办方根据不同的论坛主题和品牌，提前预约和邀请相关国际采购商参加。作为世界级大展，主办方还安排国际法方面的专家和知识产权方面的权威顾问现场指导。同时，相关媒体也一应参加，把展会和论坛的精彩部分以电视、网络和杂志的形式向世界报道。

当众多中国外贸出口企业仍固步于在有限的展位上展示产品，而对在展会专门的论坛上向专业人士展示产品及品牌闻所未闻或知之甚少，甚至不敢企及时，方达已先人而达。在展会论坛上获得展示自主品牌名额的中国企业只方达一家。方博超感激他的优秀团队具有卓越的眼光和非凡的运作能力。

那是一个值得载入方达发展史册的日子，是每一个方达人永远铭记的日子，是方博超——这个方达的创始人和力争振兴民族工业的有志青年见证自主品牌 Mr. Clean 走向世界的日子。

对于唯一一家中国企业，论坛主办方给予了极大的支持，他们在会前做了有效的宣传。当天，预定参加者加上临时参加者多达二百多人，超出预定参加人数，座位后面还围着好几层观众。当林媗身着一袭墨绿色丝质旗袍，挽着一身白色笔挺中山装的 Mr. Clean 的创始人方博超款款走向论坛时，引起了论坛的小轰动，一度有人认为这是请来助阵的中国明星。方博超首先向大家自我介绍，介绍美丽的林媗女士和台下的与会团队，然后介绍方达公司、Mr. Clean 的创造之路，最后由林媗介绍摆在论坛展示桌上的代表产品。台上这一对才子佳人的精彩演讲和展示，吸引了台下众多专注的目光，甚至周边不断有人驻足，与其说观看不如说欣赏。

林媗转而对台上的专家说："For our pleasure, now time to get advices from our esteemed experts."（下面我们将有幸听取专家们的意见。）

史蒂文森先生，世界知识产权组织美洲区副会长，是国际展会的常年知识产权方面的专业顾问，致力于在国际展会上向来自各国的人们介绍知识产权并帮助人们解决各种在知识产权方面遇到的纠纷问题。史蒂文森先生向方达在这样一个国际舞台上推出自主品牌表示祝贺和赞赏，对中国企业开始走向国际品牌道路表示惊叹，同时，他对新鲜出炉的

Mr. Clean 提出宝贵的专业意见。当他得知 Mr. Clean 已获国际商标专利时，尤为赞赏，当场提出方达可成为中国制造企业在维护知识产权方面的典范，场下响起一片热烈的掌声。

提问环节。台下一位美国著名个性化护理产品公司的采购代表提问："贵公司的几款套装产品里都配备安全套，请问贵公司是根据什么理念设计和创立品牌的，我希望能听到除了性需求以外的答案，谢谢。"

问题问完，台上台下顿时鸦雀无声，这个问题除了专业还有点尖锐，连在台上的方博超都暗暗捏了一把汗，不知林婠该如何应对。

林婠微笑表示感谢这个专业的问题，她从展示桌上拿起一款里面包含了以下内容物的套装产品：一把男士剃须刀，一瓶剃须水，一叠七片装一次性面部清洁纸，一套牙具，一把男用梳子，还有一叠七个包装的安全套，所有这些包装在一个宝蓝色丝光面开窗礼品盒里，礼品盒的左上角打着一个优雅的同色绸带蝴蝶结。

林婠托起礼品盒再次向大家展示，然后说："女士们、先生们，看到这样的一套产品，你们是不是也会像我一样有这样的遐想：在一个私密的环境里，家里、酒店等，一位男士在使用这些私密的物品；或者情人节，一位女士吻着自己爱的人，并满怀欣喜地把藏在身后的这套 Mr. Clean 送给了他。我想要说的是，这样的一套搭配齐全、包装精美的产品，包括安全套，除了代表浪漫，还有安全可靠性。更重要的是……"林婠停顿下来，环视台下，优雅的嗓音稍提高了半拍，继续说，"更重要的是，Mr. Clean 表达的是一种理念，是一种设计者对使用者的关爱，一种考虑周全的关怀。它，更是一种文化价值的体现。正如一套赠送与人的礼品不仅仅是礼品、更是赠礼人想要表达的意义，比如爱、比如友情等一样，安全套，不仅仅只代表性与爱，不仅仅只是因为考虑到使用者的性需求而设计和搭配，它凝聚了对性需求、健康、环保，和对美好的追求。一只普通的安全套，和其他男士产品搭配分别放在这个尊贵的礼品盒里，所体现出来的是一种与众不同的尊贵与时尚。”

如雷般的掌声在台上台下响起。专家和采购商对这家中国企业表现出极大的关注，镁光灯此起彼伏。人们从未听过对一只普通的安全套如此美好的诠释，并且出自一位中国女子之口。相信从那天起，安全套的生产商都要感谢这位中国女子。

那位提问题的美国采购代表连说几声“Perfect!（完美！）。”

完美的解答并没有打消所有人的顾虑，一位来自香港的采购商提问：“安全套，作为人们私密行为接触的载体，我仍然对在大陆工厂生产的安全套的安全性表示担忧。”

林媗不假思索地回答：“刚才所介绍的产品符合国际标准的认证，我就不再赘述。没有实践就没有发言权，我建议这位先生何不先使用再下结论？”简短而有力量的回答，让雷鸣般的掌声再次响起来。那位香港采购商神情尴尬地坐下来，无奈地望着台上这位女王般的内地女士。

已多次在重大场合下见识过林媗过人睿智和强大气场的方博超，再一次被林媗近乎完美的回答震惊到了。今天，再次把他的心紧紧贴近台上尊贵大气、优雅稳重的林媗。是林媗向世界诠释了 Mr. Clean 和 Mr. Clean 所包含的安全套，和台下众多男士一样，方博超，Mr. Clean 品牌的创始人，也在向往使用那集尊贵、健康、安全、美好、爱与浪漫的安全套，与他爱的人……

Mr. Clean 系列男士护理用品在此届拉斯维加斯展会上一炮走红，方博超和林媗这对完美组合对 Made in China 自主品牌的完美展示成为展会媒体竞相报道的焦点，令众多走向和正在走向国际的中国企业引以为傲，也为 Mr. Clean 成功推向世界揭开了完美的篇章。

第十三章

你就不能疯狂一把吗？

两年转瞬即逝，方达与莱利克的两年代理期即将期满，按照约定，双方马上要对过去两年里的代理合作进行评估。评估标准由双方共同制定，如评估达标则续约。主要评估标准是双方利润平衡，双方在欧洲市场的销售状况、货品质量、客户反馈、供应商合作等，还要对在代理合作期内出现的问题进行讨论和解决。

原则上，评估可通过以报告的形式互传电邮、视频会议等方式进行，但雷尼却坚持要来一趟中国，面谈解决，他的另一个目的很明确，就是想见林媗，虽然三年之约还没到，但他就是想见见他日思夜想的中国女神。当然，林媗也很想。

评估顺利结束后，雷尼代表莱利克当即与方达签下下一个两年代理合作。完成此项工作，当着方博超的面，雷尼约林媗私聚，方博超一副不羁的样子，朝他吹了个口哨，然后朝林媗眨眨眼。林媗喜欢雷尼这样光明磊落的邀请，也欣赏方博超这样的潇洒大度。虽然有个不成文但也是悲壮甚于血泪的三年之约，但谁都有权利想干什么。这三个人简直就是上帝在地球上最优秀的儿女，他们在两年里各自遵守着这个约定，各自虔敬如礼，各自愁苦自知。当林媗悲壮地说出那个三年之约时，他们各自都明白接受并遵守这个约定意味着什么。不是每个血肉之躯都能够在不短的三年里做到心无旁骛，束身自爱，唯有爱的信念支撑对爱的追求。方博超和雷尼，这两个各自在地球的一端的男人，心里都有着同一个信念：为了林媗，三年不论婚嫁。这两个事业成功的男人有着极其一致的想法：把爱埋在心里，三年里，可以有很多很重要的事情做。三年后，爱与不爱，一切随缘。这两个男人的兄弟情谊从未因爱着同一个女人而递减过一丝一毫，反而日久弥深。这两个阳光开朗、大度幽默的哥们儿不时自嘲和调侃对方他们都有着高度的一致：无论林媗心将属谁，他们其中之一定将在流着泪的同时为对方高兴，而他们的情谊也将永不磨灭。 也正是这样超俗的方博超和雷尼，深深吸引着林媗，也随着时间渐渐向三年推进而愁肠百结。

林媗大方接受邀请。她带雷尼来到莲花湖畔的回味悦菜馆。再见面，两个异国有情人感觉心又拉近了很多，虽然从未有过身体的实质接触，但两人都觉得心紧相连，虽然他们中间隔着方博超。

雷尼把一个宝蓝色的心形纸盒递给林媗。打开纸盒，林媗看到是一个宝蓝色心形鎏金掐丝化妆盒，让人惊讶的是盒盖上竟然是林媗的头像。雷尼握着林媗的手，深情地说：“‘布拉格精灵’似乎专为你而诞生、为你而造。”这个化妆盒和上次那个香水瓶是同一系列，只是，雷尼别出心裁地让专人把林媗的头像镶嵌在了盒盖上。此刻，林媗身上散发着的那只香水瓶里的优雅尊贵的 NASICO 的香味。雷尼情不自禁地把林媗拉到怀里，深吻。

卸下一身的防备，两人都觉得很轻松。饭桌上，雷尼假装忘记用筷子了，林媗也假装他不会，紧紧挨着他，再一次手把手地教。

雷尼说："陪我两天，好吗？"雷尼计划将要在悦城度过周末，然后回国。

林媗不吱声，笑望着雷尼。

雷尼审视着这个总是这般冷静淡然的中国女子，在猜测着。他觉得中国女人不可思议，竟然这般超然脱俗。在捷克，女人一般比较开放大胆，他的前任女友就是一个热情如火的波希米亚女孩。但他偏偏迷恋上了这个仿佛与生俱来的尊贵高雅、任何时候都泰然自若的中国女子，竟然愿意为她等候三年，有时想想也觉得不可思议，觉得那是另外一个自己，但他确实做到了。但同时，他又很好奇，他很想看到另外一个林媗。想到这儿，他有点儿激动，脱口而出："亲爱的，你就不能疯狂一把吗？"

半响，谁也没吭声，雷尼有点后悔问了刚才那句话，有点担心林媗会不会认为这是在挑逗她而不高兴，虽然爱恋中的男女相互挑逗很正常，虽然他们的爱恋不能平铺直叙。

雷尼正要解释点什么，林媗已经绕到他身后，环抱着他的脖子，低下头吻住了他的唇。雷尼的心微微一颤，反手把林媗抱到怀里，再次深吻。林媗，这个用情极深的熟女，这个同时爱着两个男人和同时被两个男人爱着的女人，一直以来，在两个男人面前展现出了极其强大的内心和超强的克制力，但只有她自己才最清楚她的痛楚。她爱着，却不能轻易付出，因为那将是对任何一方的伤害；她被爱，却不能轻易接受，因为还有一颗炽热的心在为她而跳动。林媗视三年为神圣的爱的见证或者说升华，爱着痛着，等着盼着，她比任何人承受的压力都要大，心灵的、肉体的。林媗知道自己在干什么，她爱雷尼，她觉得一切语言都是多余的，唯有通过深情的吻把爱传递给他，让深吻时流下的泪告诉雷尼她有多爱他、她有多痛苦。这个中国女人在激吻他时的流泪让他的心灵受到极大的震撼。

一段绵长的深吻之后，林媗贴着雷尼的耳根说："我们去月球吧。这够疯狂了吧？"雷尼忍不住笑了，他抚摸着林媗弧线优美的颈项，看着她带着泪痕的褐色眼眸里几多惆怅几多无奈。而林媗在说出这句话后立刻又想起了方博超，她同样也愿意这样对方博超说："我们去火星吧。"上帝有时会把人变得在伤感中自寻幽默，在伤痛中自寻药方。

林媗何尝不想疯狂一把？但她几乎拼尽全力在扑灭疯狂燃起的火种。痛苦莫过于在想疯狂的时候不能疯狂。疯狂，意味着不顾一切、不计后果和不负责任，意味着对她的甚于血泪的三年之约的亵渎，意味着也许三个人之间美好的关系的完结。

雷尼擦干林媗眼角的泪痕，轻轻说："亲爱的，爱，不一定要疯狂。我愿意等待。" 也许，疯狂的林媗并不是他想要的。不用疯狂，这个女子的一切已经让他疯狂。

美好的周末，林媗带雷尼体验悦城人的生活：清早到老字号茶楼喝早茶，漫步悦秀山，感受悦城的历史文化。下午坐在洒满阳光的摩登城市广场露天咖啡馆，休闲地喝咖啡，看人来人往。傍晚登上了悦城的地标建筑——悦城塔（又称小灵腰），雷尼搂着林媗，静静地看着悦城由华灯初上渐渐变成一个璀璨辉煌的不夜城……

星期天晚上十点，方博超的微信信息来了："睡了吗？"他知道林媗每晚十点准时睡觉。林媗回复："准备睡。你要给我讲睡前小故事吗？"林媗挑逗一下他。方博超马上回复："要是没人给你讲，我给你讲吧。"林媗明白他什么意思。其实，她知道此时方博超和雷尼正在酒吧里喝酒。

第十四章

没事别交男闺蜜

在偌大的悦城，如果说能有三五知己，罗毅也算是一个。不过他是林媗知己中唯一的一个爷们儿，林媗的铁哥们儿，林媗称之为男闺密，就是能放下心来、放松心情、除了爱情无所不谈的哥们儿。

说起和罗毅成为闺密的经历，听着很像小说。他们原本是经人介绍为男女朋友的，可林媗没看上有点儿娘的罗毅，而罗毅也没看上女汉子的林媗，但两人同时又对彼此印象挺好的，觉得不做朋友就可惜了，于是一来二去先是成了朋友，后来成了密友，再后来成了闺密。

所谓闺密，即闺中密友，这是个专为女性派生出来的词，说白点就是能在女人闺房中说悄悄话的亲密朋友，是彼此之间能够互述衷肠、相互信任、相互理解、相互依赖、经得起世俗的考验、在困境中也能彼此扶持的至亲朋友，像章梅梓那样的。

有个男闺密挺好的，他能有女闺密那样的善解人意，也会在梨花带雨的闺密面前突然变成爷们儿，罗毅就是这样的。异性闺密除了可以像同性闺密那样无所不谈，也可以谈男女爱情的话题时毫不尴尬，并且，彼此可以如此亲密却对对方毫无非分之想。你别说这都是瞎扯淡，林媗和罗毅就是这样的一对闺密。在林媗眼里，和罗毅的任何交谈和交往一直很愉快。后来，罗毅结婚了，没举办婚礼，妻子是个温柔善良的女孩。林媗还时常调侃没能当上罗毅的伴娘。婚后的罗毅仍会隔三岔五约林媗见面，聊聊天、喝喝酒，也会和林媗谈谈婚后的心事。

这天下班后，赶往地铁站路上的林媗突然想起有近大半年没见着罗毅了，这家伙在忙啥？是不是要当爸爸了？林媗拨通了罗毅的手机，那头传来的声音吓了她一跳："你，你，你，怎么才打电话给我，你再不找我，我就要喝死了。"很明显，罗毅喝醉了。这么早就喝上了？和谁啊？电话那头传来一声酒嗝，接着说，"快过来，你家小区外面的那家酒吧！"话毕，电话断了。林媗手抖了一下，妈呀，这是罗毅吗？相识快八年了吧，从没听罗毅这么讲过话，最起码没跟她这么讲过话。而且，平时罗毅若经过她家附近，都会来电话打个招呼，两人都有空时还会到小区外面的那家小酒吧喝两杯聊会儿天。今天这是怎么了？林媗纳闷着，脚已经踏进了地铁。

赶到酒吧时，林媗看见罗毅坐在后面墙角位置，正闷头喝酒。桌子上已经摆了五六罐喝空的百威啤酒易拉罐，有两罐还横倒在桌面上。罗毅眯眼看看弯腰看着他的林媗，指指对面，说："坐下。"林媗刚乖乖坐下，罗毅又招呼服务员再拿五罐上来。刚拿上来，罗毅说："喝！"说着打开一罐仰起头就喝。老天，这是罗毅吗？今天这哥们儿受啥刺激了？是不是和老婆吵架了？还是被老板炒鱿鱼了？不对呀，罗毅说很疼爱老婆晓瑜的呀，而他在商检局当小科长的美差事一直都很稳定，从没有被炒的迹象啊。

林媗点了份炒饭让罗毅吃，罗毅甩甩手继续喝。林媗匆匆扒了几口饭，喝了一口啤酒，拍拍罗毅的脸，说："哎，先别喝了。说说怎么了。让鬼招魂了？"罗毅猛地抬起头，一把甩开林媗的手，大声吼道："滚！少他妈装，真能装，装这么多年！""我装什么了？我怎么就能装了？"林媗丈二的和尚摸不着头脑，但她确信，罗毅一定是遇到什么重要的事情了。

林媗伸出右手握住罗毅举着易拉罐的右手，像平时握他的手一样，慢慢地握着他的手平放在桌子上，左手也伸了出来，握在罗毅的右手上轻轻抚摸着。罗毅没动，也没吭声，慢慢平静了下来，他抬起头，努力睁开一双喝红了的醉眼，缓缓抽出被林媗双手叠握的右手，但又迅速双手握住林媗的右手，冷冷地问："老实说，你是不是一直都觉得我很娘？"从认识到现在，林媗第一次被罗毅问这样的问题，既意外又有一丝异样。林媗正不知如何回答，就已经被罗毅的第二个问题惊呆了，"你是不是觉得我不够阳刚才看不上我的？"

林媗感觉到了事情的不对劲，下意识地从罗毅的手中抽出了自己的手。她觉察到了她和罗毅之间前所未有的距离感。

林媗正色道："罗毅，说吧，你到底怎么了？"

"好！说！憋屈了这么多年，今天我把什么都说出来！"酒醉中的罗毅一改往日的柔声细语，一副斩钉截铁的样子，是林媗所没见过的。"林媗，你给我听好了，从八年前我们第一次见面那天起，我就爱上你了！可惜你看不上我，我很后悔我不像个爷们儿那样追你，我很后悔我装着看不上你，还跟你玩闺密玩了八年！ 八年啊，抗日战争也没我艰苦啊！”

林媗彻底傻了。她感到大脑一片空白。她眼前这个和她一起共度八年岁月的男闺密以迅雷不及掩耳之势变了脸，现在正振振有词地告诉她一个被掩饰了八年的惊天秘密！

林媗努力让自己冷静下来，尝试最后一种可能，她说：“罗毅，这不是真的，你喝醉了。”

罗毅立刻反驳：“我是喝醉了，你知道有多少次我一个人在这里买醉吗？” 林媗呆了。她只知道罗毅时而路过约她到此喝两杯。她下意识地看看柜台边那位见过几面的服务员，那位服务员朝她撇撇嘴。

罗毅越说越激动：“你整天跟我讲你和你那老板、和那个外国人的不靠谱的爱情，你知道我的感受吗？我整天面对着我爱的女人却碰都不敢碰！ 我，我多少次梦见我和你在一起，醒来后却失望地面对现实！我就连和晓瑜在一起也经常把她当成你！”

如果用五雷轰顶来形容此刻的林媗，一点也不为过。林媗捂住脸，任泪珠从指缝里滑落。从进到酒吧到现在不到一个时辰，面前这个她那么熟悉、那么信赖的人，突然就变成了一个陌生人在说着让她陌生的事情，他说的那些字字句句狰狞得像魔鬼。她觉得自己在慢慢沉入地狱。

周围各种眼神在注视着，兴许还有好事者在偷拍准备发个头条。罗毅的嘴就像开闸泄洪，汪肆汹涌：“我一直搞不明白，你说你又不是小女孩，你多大岁数了，还整天矫情吧唧的。我就不信你这几年就不想男人，我就不信你没和那个方什么超在一起，你要没和那个外国人有一腿，你能那么想人家吗？我悲催，我这近在眼前的好端端的男人，你到底想没想过要我？除非你变态，你不是正常女人。”说完又猛灌啤酒，酒吧死一般沉寂……

这些话，字字句句，出自八年来视她为挚友的男闺密之口，如乱石块般砸在林媗的脸上和心口，钻心地痛。罗毅，已经成了魔鬼，他说的话已经吞噬了林媗对他所有真挚美好的情感，更超越了她的底线。酒后吐真言，她相信他说的都是发自内心的实话。羞辱、震怒和悲悯一起涌上心头。她发疯似的冲向门外，她要离开这个蛰伏在她身边八年的可怕的人。

林媗不知道是怎么回到家的。她好半天也回不过神来，满脑子罗毅那激愤哀怨的神情挥之不去，想破脑袋也想不明白。那晚，林媗失眠了。那以后不再接罗毅的电话，不管是道歉也好、悔恨也好，她希望罗毅从此从她的视线里消失。

她对和罗毅的这段友情的结论是：男闺密不靠谱，世上还是同性闺密靠谱。这样想着，她不由拨打了章梅梓的手机。那边传来她的女闺密让她真正感到温暖的声音：“喂，丫头，最近在忙爱情吧？多久没你的电话啦？” 林媗答非所问：“啊，啊，最近爱情不忙，我有点二。”那头的章梅梓哭笑不得，得，她这闺密就这样。

没事别交男闺密，这也是亘古不变的真理，反正林媗试过了，若不信，你也试试？

林媗至今也搞不明白，她和她曾经的男闺密罗毅，到底是谁错了？如果是她错了，她是不是错在不该交男闺密？她也不想搞清楚了，只是她再也不会有男闺密了。

第十五章

男人太麻烦

都说“三个女人一台戏”，今晚这台戏绝对精彩，戏的女主角绝对惊艳。

林媗在常参加的BOSS堂认识和结交了不少外贸业内精英，其中就有龙跃工艺礼品有限公司的总经理徐敏钰和青藤户外家具有限公司的销售总监盛婕。她们因相近的价值观和公司管理理念而逐渐走到一起，成为贴心的朋友。林媗常在讲堂上强调的理念得到她们的高度认同：在国际贸易的舞台上，展现自我和实现自我价值，体现祖国优秀的文明文化，尊重他国的文明文化，与他国进行平等互利的贸易往来。工作之余，她们常相约小聚，谈谈工作，谈谈理想，谈谈爱情，还有诗与远方。

这两人在业界可是响当当的人物：徐敏钰，东北人，悦城大学毕业后，就职于悦城最大的工艺礼品进出口公司——龙腾工艺礼品进出口总公司。八年后，积聚丰富的工艺礼品外贸工作经验和人脉资源的徐敏钰毅然放弃优渥的工作环境和待遇，自己成立公司，经过一段时间的打磨后，逐渐成为几乎与龙腾不相上下的工艺礼品出口外贸行业的翘楚。通常，从前任公司辞职单干的，要么一败涂地，要么一举成功，要么与老东家撕破脸，反目成仇，要么井水不犯河水，各挣各的钱，互不相犯，但徐敏钰就有本事与老东家隔江微笑，和睦相处，时常信息资源共享（当然距离还是有的， 你懂的），也偶有一些做不了的订单互让给对方。龙腾与龙跃就像一对亲姐妹，常在江里嬉戏玩耍。盛婕，一个豪爽豪迈的悦城女汉子，从一个小外贸跟单员开始做起，在外贸场上摸爬滚打，拼杀厮打，成为统领公司销售的总监。

今晚是盛婕约场，她订了乐雅居的一个小包间。这里安静清雅，是闹市中的一处绝佳的谈心之地。林媗下班赶到时，两位已到。

久而不见，三个女人互相拥抱问候，互相问起身上散发的香水味道。盛婕问林媗："你身上的 NACISO 一定是你那英俊的老板送的，我猜得没错吧？哈哈。" 徐敏钰也表示赞同。她们常看见林媗和方博超一同参加 BOSS 堂，也揣摩到方博超看林媗时那不同寻常的眼神。

林媗笑笑说："不是他送的，你们猜不到的，一会儿罚酒啊。" NACISO，最能诠释出女人的尊贵和优雅的香水。而林媗的 NACISO，装在那瓶宝蓝色宫廷古典掐丝镶钻鎏金香水瓶里，来自遥远的布拉格。

两个女人几乎同时惊呼："什么？你有这么优秀的追求者，还有别的？" 盛婕马上接着说："那把你老板让给我好了。" 徐敏钰立刻反驳道："你算了吧，你三天两换，别把人害了。" 林媗大笑。除了永远的闺密章梅梓，也只有在这样的场合和这样的朋友，她才会完全放开谈私人情感问题，当然，此前她和曾经那样信任的瞎扯淡男闺密罗毅也经常谈起。徐敏钰和盛婕并不知道林媗的心底一直藏着一双忧郁的眼睛。

悦城人极为讲究食补。会吃的盛婕点了应时温补的炖汤和几款清淡的菜式，并对口味重的徐敏钰说："女人嘛，就应该吃得温补清淡，咱们徐总将就点啊。" 徐敏钰马上回应："我虽然吃得不讲究，但对人可是不将就啊。别看你吃得温补清淡，可挑人可是重口味大补啊。"三人大笑。林媗就喜欢看她们互掐胡闹。

盛婕故意清清嗓子，说："既然有新情况，我们今天就专门谈谈男人吧。"

徐敏钰马上反对："男人有啥好谈！"一脸不屑。

事业上志得意满的女强人徐敏钰，在爱情上可没有那么顺风顺水。许多影视剧和现实生活的桥段如出一辙，在徐敏钰忙于事业而疏于家庭时，曾与她风雨同舟的丈夫出轨了，对方是一个温柔体贴的工厂女工。一向雷厉风行的徐敏钰快刀斩乱麻，立即与丈夫离婚，孩子由丈夫抚养。恢复单身的徐敏钰似乎很享受这种状态，也从来都认为身边没有男人落得一身轻，可以全副心思扑在事业上。

盛婕也不嘴软："你是没有男人，所以觉得没啥好谈的。"

习惯了盛婕的嘴风凌厉，徐敏钰并不生气，反倒说："哪像你换了一茬又一茬。" 盛婕撇撇嘴说："讨厌，你以为是割麦子啊。"

盛婕，比林媗大两岁，有着南方女人清丽的面容，却也有着北方女子高挑的身材，1 米 73 的她，总是在人群中鹤立鸡群，更有甚者，她还有着南方人少有的豪迈奔放，是出了名的风流外贸高管，也是闻名的劈腿高手，被她劈过的不计其数，换男友如四季更替。每次见面，她谈论的身边的男友都是不一样的人。

林媗见两人又杠上了，忙说："哎呀，割麦子有啥不好嘛，快说说，这次又是谁？"

盛婕也毫不推辞，翻开手机相册，说："你们都认识。" 徐敏钰和林媗马上兴趣盎然，凑过来看。这一看不要紧，两人面面相觑，然后疑惑地看着盛婕，她倒是一脸泰然自若，自顾在喝汤。

徐敏钰和林媗几乎同时问："是真的吗？"

盛婕头都没抬，说："就知道你们会这样。是真的，我爱他。"

徐敏钰说："亲爱的，你每个都说爱过，又跟哪个长久了？"

林媗反倒对盛婕心生敬意，她举杯敬盛婕，说："姐，不管你爱多久，不管你下一茬是谁，我敬你。" 林媗和盛婕一干而尽。

盛婕的本届男友是BOSS堂所在的利盛大厦的保安谈鸿斌，高大威武的北方汉子，曾在边疆某侦察连当了六年的侦察兵。利盛大厦是悦城最著名的地标建筑之一，在其中办公的公司都是著名的外企和名企，连保安都是精挑细选的。徐敏钰和林媗都对彬彬有礼的谈鸿斌印象不错。

徐敏钰精神来了，说："行啊，遍地插花，连我们的帅哥保安也不放过。"

盛婕一本正经地说："随你怎么说，这次我是认真的。" 徐敏钰沉默了。林媗相信。

盛婕突然想起了什么，差点跳起来，把徐敏钰和林媗吓一跳。她一脸神秘地说："你们肯定猜不到我带来了什么。"谁能猜到这个不拘一格的女子带来了什么，总不可能是和谈鸿斌的结婚证吧？

盛婕神秘兮兮地把房间门反锁，然后像变戏法一样，从包里拿出一瓶酒，徐敏钰和林媗乐了，是一瓶红星二锅头，然后又从一只盒子里拿出三只精致的小酒杯。林媗打趣地说："我明白了，这准是你和帅哥保安的定情物，一喝定终身，对不对？"

盛婕抚着林媗的肩膀，在她脸颊亲了一口，说："妹子太冰雪聪明了。"确实，谈鸿斌闲时就好喝两盅红星二锅头，盛婕也喜欢和他对饮。都说情人眼里出西施，盛婕握着酒瓶，像是喃喃自语："你们不觉得我家鸿斌比张汉宇更 MAN 吗？"此话已道出了情圣盛婕和保安谈鸿斌的关系已经到了如胶似漆的程度。

此前每谈及身边男友，盛婕都是一副轻佻样。而现在，徐敏钰和林媗第一次见她面露真情。看得出她此次动了真感情。

林媗问："你爱他什么？"她问到了点子上。

盛婕恢复了工作时思维清晰的理智状态，说："我爱他的样貌，爱他的身体，爱他的男子汉气概，更爱他的高尚。以前从没见过哪个人爱国甚于爱自己的生命，直到我遇见鸿斌。我从不觉得他职位卑微，他有男子汉气概,有担当,比很多我认识的表面尊贵内心虚伪的人真实可敬。"盛婕第一次这样庄重地表达她的爱情观，这让林媗和徐敏钰不禁对之肃然起敬。

徐敏钰关切地问："那他也爱你吗？"这也是关键点。

盛婕迟疑了一会，自顾呷了一口酒，说："他当然爱我，问题是他比我小八岁……”

林媗马上回应：“如果爱不是问题，年龄从来就不是问题。我从来没跟你们说过方博超比我小四岁。”此话一出，顿时惊醒酒中人。徐敏钰和盛婕意识到林媗和她那年轻帅气的老板是真的在恋爱，至少暧昧着。

盛婕快人快语：“你们已经……”

林媗知道她问什么，说：“我和方博超及另一个比我小三岁的捷克男人定了一个三年之约，这个约定马上就要到了，我将选择我的归属。”

盛婕愣住了。她一直在爱情的大道上勇猛前行，殊不知有人比她更无畏。

徐敏钰也是醉了，她有点语无伦次地说：“要不是男人麻烦，我们怎么都还单着？”

这话很霸道，但却让人无言以对。

徐敏钰是何等女人，她在醉意醺醺的状态下也能总结出如此精辟的真理。她又说了：“要不是女人那么麻烦，男人又怎么可能那么麻烦？所以，不能总怨男人太麻烦，女人也要自我反省，像我一样。来，干了！”得，又把话圆回来了。但这话让林媗和盛婕面露喜色，这是要改变固步自封的状况啊。

林媗已微醺，但仍清醒地说：“男人确实太麻烦，但我依然很向往。”

也只有和志同道合者在一起，三个女人才轻松脱下女强人的外衣，洒脱自我，任性娇柔。

三个靓丽的女人共举杯：“红星二锅头，敬不甘平凡的我们！”

第十六章

不如相忘于江湖

在这个“中国制造”（商品）遍布全球的时代，生产“中国制造”的工厂遍布全中国各个角落。这些千千万万的制造企业赖以生存的就是国外订单，每输出一个他们生产出来的产品，就能为企业赚取一分利润。在众多外贸中小型企业仍然倚赖贴牌生产的当今，能受到一些世界采购大鳄如 Wasney、Pal Mart 等的青睐并能长期合作，就如同打通了一条生命之路。这话，一点都不夸张。对于没有自主品牌而仅靠贴牌生存的企业来说，确实如此。

同时，为了生存或更好地发展，复制，也成了众多中小企业多年练就的本领。众多中小企业长期缺乏甚至没有产品的概念和对其的正确理解，也没有相应的法律意识，以及国家在保护知识产权和自主品牌方面的力度还远远不够，使抄袭，说好听点就是复制，成为众多中小企业长期赖以生存的手段。

五年前还是独占男士个人护理产品鳌头的方达，基本上全揽 Pal Mart 每年的订单量。而现在，虽然方达仍保持行业老大的地位，但此类产品已如雨后春笋般在各地异军突起，而为获取更高利润的大鳄们也不断在寻求更低的价格，当然，品质永远不能变。国际采购商永远都在找寻那些能提供高品质同时又能提供低廉价格的供应商，这对像方达这样的价格与高品质产品相匹配的中国制造商来说，是极大的挑战。

从今年开始，Pal Mart 的订单不再像往年那样固定分给某个或某些供应商，而是采取竞价的方式决胜负。这有点像竞标，胜负取决于所投价格的高低。

方达从三个月前接到 Pal Mart 的竞价会议的通知后，就开始积极着手准备。虽有着和 Pal Mart 合作多年的丰富经验，熟悉 Pal Mart 对整个生产链每一个环节的要求，但对于一夜之间冒出来的参差不齐的同行不可轻敌，对于从市场调研中所知的欲以低价吸引 Pal Mart 订单的对手更是不可小觑。

Pal Mart 的竞价会场设于一家五星级酒店的会议厅。方达也派出了强大的阵容。当林媗携肖芷卉和负责 Pal Mart 业务的外贸二组的主管李剑旭及主要跟单同事提前来到会场时，会场已是人满为患。来自全国各地的供应商已经云集会场，有些是乘坐飞机刚刚到达的，也有的是昨天乘坐高铁提前到达的，估计得有近两百人。所有供应商已排好编号，按照产品的分类坐在不同的等候区叫号等候。看来为了组织这个庞大的竞价会，Pal Mart 确实做了大量的工作。话说回来，竞价竞价，说得不好听，就是 Pal Mart 组织各路供应商聚集拼价格，看着他们厮杀价格，最后选取开价最低者。在最近一两年，林媗和外贸团队已经经历了好几场这种国际采购大鳄组织的竞价会，实地目睹了竞价的残酷性。得到和失去一张大订单，对于众多中小制造商来说，都是将面对的两个世界。对于常年只服务于一家国际采购大鳄订单的企业来说，就面临着一旦失去订单就即将倒闭的可能。而对于像方达这样的老供应商，大鳄们并没有像他们期待的那样能尊重或公平或优先考虑，让他们置身于近乎残酷的竞价会并用别的供应商的低价回过头来和他们大肆砍价并牵制他们、迫使他们不得不让步，亦是狡猾的大鳄惯于使用的伎俩。和其他一旦失去大鳄订单就失去生存能力的企业相比，方达在发展的过程中一直注重搭建合理的结构并不断完善和注重规避风险或降低风险的度数，并力求形成强有力的抗风险能力。因而，林媗和外贸团队对于大鳄订单，有着相对冷静和成熟的应对。在最近一两年，林媗和外贸团队已经经历了好几场这种国际采购大鳄组织的竞价会，实地目睹了竞价的残酷性。在来 Pal Mart 竞价会前，林媗专门组织有关同事开会，相熟有关事项，并一再强调一贯以来的原则：以客观的态度对待之，做最好的准备工作，不要急于求成，考虑各种风险，坚守价格和合作底线，静观，以不变应万变。

方达的与会者和熟知的同行不时寒暄着，深一句浅一句地聊着，其中已有方达多年的供应商和合作者。他们都熟知方达的价格应是同行中最高的，同时，毋庸置疑，品质也是最好的。

突然，肖芷卉像见了鬼似的低声“啊”了一声，面容惊恐。林媗和李剑旭他们顺着肖芷卉的眼光所指之处，看到了一个久未谋面但又很熟悉的人，方达曾经的开发部经理、因在办公室和女同事做出有伤风化和有辱公司形象及尊严而请辞的陈文昇。

世界真的就是这么小。以为不会再见，但是绕了一圈，又不期而遇。

林媗也着实吃了一惊，但很快又平静下来。陈文昇在离他们约十米的地方站着，和一个新入行的男士个人护理产品的供应商代表交谈，不时低声附耳窃语，胸前赫然吊着 Pal Mart 工作人员的工作牌。几分钟后，陈文昇疾步离开，走进会议厅，随后叫号响起后，那个和陈文昇私语的供应商代表也进入会议厅。林媗明白了。

时隔三年，那个当时颜面扫地走出方达大门的陈文昇，如今已是世界采购大鳄 Pal Mart 的工作人员，看刚才的情形，他应该是和那位供应商代表熟识并告知相关重要事项，并且，他一定知道方达也在竞价供应商名单之列，而且刚才在不大的空间里按常理已经看到了林媗他们但又装没看见。同事们都转而看着林媗，眼光里都写满了担忧。

看着如临大敌似的同事们，林媗笑了：“你们都怎么了？至于吗？打起劲来，等下该干吗干吗，照旧行事。”同事们都放松下来，是啊，有什么可怕的？更何况有这样的林总在呢。

方达排号第 14 号。生意场上都很忌讳数字 4 及尾数是 4 的组合数字，一般如遇有 4 的数字，都会尽力避开或把数字推前一位，再加上字母 A，如把 4 改成 3A。天知道这个数字是不是人为所赐。林媗朝大家笑笑，一行人在众人诧异的眼神中淡定步入谈判室。

这是一间面积约为 50 平方米的谈判室，进门左边是一排铺有天鹅绒垂帘的会议桌，桌子后坐着 4 名 Pal Mart 工作人员，右边是配荧幕的产品演示区。林媗一行与 Pal Mart 工作人员打过招呼后就坐于演示区旁边一排专供供应商就坐的椅子上。看了一眼 Pal Mart 工作人员胸前的工作牌，林媗迅速记住了他们的姓名和抬头：Pal Mart 中国采购总裁布兰登先生， Pal Mart 中国采购总裁助理陈文昇，Pal Mart 产品技术总监内森先生，文书记录员苏瑞安小姐。布兰登先生对这个一直在合作的而从无不良记录的老供应商颇有好感。春风得意的陈文昇傲然注视着他曾经的同事们。

李剑旭就 Pal Mart 事先指定的产品一一做演示详解（图片、品名、规格、颜色、表面处理、组合、包装、技术参数、价格等），跟单同事同时把实样一一摆在 Pal Mart 工作人员的桌子上。

布兰登先生对这种画面与实样相结合的展示很满意，他微笑着说：“太棒了！这是目前为止我看到的唯一一个产品演示。”

布兰登先生旁边的陈文昇紧接着说：“可惜价格太高了，比其他供应商的同类产品高了将近 20 个点。”他紧盯着林媗，一副不苟言笑的样子。他喜欢看到他曾经的同事面面相觑的表情。

林媗说：“我们的价格确实在同行中是最高的，品质是不是最好的我不敢苟言，但各位也已经看到了，并且有我们双方多年合作的经历为证。除了品质，价格还取决于服务以及在合作过程中彼此的认同感和对这个行业的各种理念比如价值观，比如信任、理解和支持等。这样深层次的合作，我相信尊敬的布兰登先生是赞同的。”

布兰登先生耸耸肩，说：“我一直都赞同，美丽的女士。但还请贵司报最低的价格。”

林媗说：“对不起，布兰登先生，我们从不生产与价格不相匹配的产品。我相信你应该很熟悉中国那句俗语：一分钱，一分货。我们做不到高品质低价格，我知道你们也在比较价格。我们始终秉持‘价格不是唯一’的原则，能做到低价格的供应商多的是。抱歉，我们做不到。”

陈文昇脸上闪过一丝暗自庆幸的神情。他早已料到方达的价格不行，他暗中扶持的那家公司以最低价格胜出是迟早的事，现在不过是白要口舌而已。

布兰登先生微笑着看着这位直言的女士，说：“除了产品的品质，我们还注重合作者的品质。如果贵司愿意再降5个点，我现在就拍板。”

布兰登先生的直爽出乎所有人的意料。方达员工满怀期待地看着林媗，他们都知道，公司的报价是留有一定的余地的，再降5个点是可以接受的。而陈文昇的脸上闪过一丝慌乱。

林媗微笑着对布兰登先生说:“我们愿意退让5个点，但不能再退。”方达同事们面露喜色。

布兰登先生对其他工作人员说：“我想没必要再见一大堆不合适的供应商。今年的男士个人护理品的订单我们仍然与方达公司合作。”他信任眼前这些高品质的产品和这个工作细致的团队，如果订单不交给他们，还能交给谁?

陈文昇的脸顿时煞白，但他还想最后一搏，他突然想到了什么，急忙说：“请问贵司具有什么资格认证？”和Pal Mart合作，具备国际认证是必须的。

林媗说：“这个的确很重要。除了之前与贵司合作时，我厂具备的 SEDEX 认证，我们已在今年初顺利通过 BSCI 认证。而业内具备 SEDEX 和 BSCI 双认证的寥寥无几。” SEDEX 和 BSCI 认证，均是欧盟要求世界供应商在社会责任（包括社会道德和人权等）方面的认证，难度非常大。方达在做国际认证方面付出了不懈的努力。

陈文昇无语了。他只记得方达在三年前两次做BSCI 认证均未通过，却不知道方达在过去的三年里如何艰辛地争取 BSCI 认证成功。

布兰登先生要求方达展示新品。

李剑旭再次展示新品明细 PPT，同事同时一一展现新品初样。布兰登先生仔细看着初样，不时和陈文昇低声交谈。他不知道陈文昇和眼前这几位方达人的关系，他只知道陈文昇是一个非常有经验的新品开发人员。陈文昇不甘心方达这么轻松地就把订单拿走了，他决心最后一搏，说什么也不能再把新品让给方达，他在方达工作几年，对方达的新品开发所有细节工作了如指掌。

陈文昇似乎胸有成竹。他直接问：“我们要求这一批的新产品在选定后的一个月之内完成铜板打样。请问贵司能做到吗？” 凡是 Pal Mart 选定的新品需经过三轮打样即铜板、银板和金板。每一轮打样都是在上一轮打样的基础上的进一步完善。完成了金板，就意味着要进入到订单阶段了。陈文昇非常清楚，在他曾经任职内，所有打样均因部门程序繁杂、模具时间长和下一级供应商的不配合而导致打样时间过长，最终赶不到时间而前功尽弃。此前 Pal Mart 打样没有一次是能在一个月内完成的。

林媗再次站起来，说：“我们自从提高了我司开发人员和打样人员的素质，精简了打样的中间环节，重新选择了和我们能相匹配的模具商和下一级供应商，我们目前凡是经过批准的打样都能在 1 个月之内完成。”

方达人看到了布兰登先生脸上泛起满意的笑容。布兰登先生当然不知道他的得力助理的煎熬心情，他只知道他工作细心，经常能看到别人发现不了的问题，比如现在。

一直坐在林媗旁边的肖芷卉其实一直都没闲着，她的衣服暗领处别着一个微型拍摄器，今天这个竞价谈判的所有细节都已被她一一实景备案。方达一直非常注重每个重要谈判的实景备案，用于公司记录，更用于公司成功案例教案分享，并用以激励员工。

在竞争者众多的 Pal Mart 竞价会上，方达看似轻松地拿下了订单和新品打样订单的背后，除了这个团队付出的多么艰辛的努力，还有他们在合作过程中所体现出来的理念和精神。

从竞价会出来，林媗正和大家商量晚上去哪儿庆祝。陈文昇追上来，小喘，满脸堆笑，说到：“林总，不如我请你们吃个饭，一起聊聊下一步工作的事啦。”

“不如相忘于江湖。”林媗直视陈文昇，然后优雅地转身。

肖芷卉不忘补充一句：“对了，还得感谢你哟，自从那次受到惊吓之后，我再也不用星期六独自加班了。”

第十七章

往事已成铅

窗外吹来潮湿闷热的江风，让午后上班的人慵懒困乏。林媗冲了杯咖啡，正神闲气定地制作外贸培训PPT，准备后天外贸BOSS堂的演讲。如今的林媗已是BOSS堂的骨干，会被邀请做专题演讲。这时，微信提示音响了，“路过，求偶遇。”看到发信者姓名的那一刹，林媗有点恍惚，是高煜，她的初恋男友，那个让何逸骁耿耿于怀她的第一次的人。PPT暂时做不下去了。

应该有十年没见了吧，林媗想，自从大学毕业后，他们就失去了联系。偶尔从同在悦城的老同学那儿得知他的情况，知道他一直混得不错，开了家物流公司。揽收快递和货物运送业务，这些年随着网购的迅猛发展而事业蒸蒸日上。有一个和美的家庭，妻子是公务员，孩子已经上小学了。大学毕业前夕，她决绝地与他分了手。十年间，她也会回忆起她的初恋和一些细节，但总感觉好像是别人的故事。

正想着，第二条信息来了“晚上7点，悦江饭店18楼旋转餐厅玫瑰厅见。”那是悦城市最高档的宴会聚会场所。应该还约了悦城的其他同学，林媗正想着，平时联系较多的周倩的电话来了，声音半调侃半认真：“收到信息了吧？你去吗？”“去，为什么不去？”说真的，这些年来，虽阅人无数，历经多次恋爱，她还真想见见十年前爱过的那个人，看看他现在的模样。

晚上七点，林媗准时来到豪华气派的悦江饭店18楼旋转餐厅，当服务员为她打开玫瑰厅的门时，满室的金碧辉煌让她有点晃眼，同在悦城的几位老同学已经到了。她一眼就看到了被同学围在中间海聊豪笑的高煜，虽然岁月已经把他变成了一个腰阔肚圆的商人。

看到推门进来的林媗，屋内突然沉静下来，高煜紧盯着她，其他同学似乎不知所措。几秒之后，在大学里就善于打圆场的李天翼拍起了巴掌，夸张地说："哎呦喂，你看看，咱们的班花驾到，俺们都不敢吭声了。"气氛缓和起来。大学里总有班花班草之类的人物，每个班里总有那么一两桩爱情。大学毕业多年后曾经相爱过的人参加同学聚会，这样的场景，在影视剧里、文学作品里多得是。林媗突然想起了之前看过的青春言情小说《原来你还在这里》，想起她应邀去方达面试，在等候时也在忘我地看，那天正看到分手多年的苏韵锦和程铮在参加同学婚礼上相遇的情景，第一次见方博超时，他竟也调侃她看此类书是否在缅怀青春。

林媗和几位同学一一打过招呼，最后转向高煜，向他笑了笑，算是打过招呼。十年后再见她曾经的初恋男友，没有久别重逢的惊喜，没有对往事的回味，只是觉得再见如熟悉的陌生人，又像陌生的熟人。可是，所有的人都看见了高煜看她时眼里的爱恋仍在。这个在大学里疯狂追求她、视她为珍宝、最后被她甩了、曾经痛不欲生的男人，十年后再见，心里五味杂陈。他应邀到悦城参加一个研讨会，会后约了在悦城的几位老同学，其实主要是想见到那个曾经被他视为珍宝、最后让自己曾经痛不欲生的人。十年了，她还好吗？刚才在等林媗时，和同学闲聊得知她仍单身时，他的心里颤了一下。

李天翼示意林媗坐在高煜旁边的空位，林媗装看不懂他的示意，坐在了高煜对面的位置上。一米多远外的那头，是她的初恋，她曾经的爱情，她在大学校园里美丽而青涩的往事。当年的大男孩，现在意气风发，浑身上下散发着功名的光芒。他双手交叉支撑在桌子上望着她时，她看见了他右手腕上的劳力士腕表，还有桌子上放着的一串JACUAR跑车钥匙。当年才貌双全的林媗在经过高煜的堪称感动上帝的艰难追求后，终于挽着这个在众多追求者当中毫不起眼的毛头小伙的胳膊漫步在校道上时，迎来多少震惊的目光，她的坦然和他的骄傲，颠覆了大学校园里多少人对爱情的向往目标。和他分手时，他准备回边远山区的老家当一名公务员。林媗并不是个追逐物欲的人，但现在回想起来当年和他分手，她仍不后悔，她也不觉得自己有负于他，因为她有更高的理想，很快，她爱上了别人。从前对星座嗤之以鼻的林媗，这些年也开始觉得星座和爱情之间的那种说不清道不明的联系。她是双子座，专注又多情，爱得热烈，走得决绝。她相信有些属性是天意，有的遇见是缘分，有的分离是必然。

林媗不自觉地想起了有一次公司司机无意中说起方博超住所的停车场停着他的兰博基尼跑车和一辆大奔，而方博超平日总是开着半新不旧的马自达上下班，又想起平日衣着普通干净的方博超只在重要场合才盛装出席，想起方博超普通的着装下散发着一股若有若无的 BVLGARI 活力海洋的香味。她喜欢男人平静的高贵和低调的奢华，像方博超那样的，只是在她和方博超之间，多了一双远在天边的忧郁的眼睛。这些年，随着岁月的洗礼和阅历的增长，林媗已形成了自己独有的价值观和审美观。而她十年后再见的这个她生命中的第一个男人，明显不在她的价值观和审美观之内。

望着对面这个曾让他生死相许的女子，高煜的心里五味杂陈。当年她的决然分手，让他觉得天都塌了，曾经有段时间终日用酒精麻痹自己，直到有一天他妻子的出现挽救了他。他从此奋发进取，辞掉了让人艳羡的公务员职务，创办了自己的公司，历经多少坎坷，终于有了今天的一切，家里的豪宅名车，妻子的名牌衣服包袋，儿子的贵族学校，还有，今天为了见他曾经深爱并至今仍爱着的女子所做的这一切。悦江豪宴，他的耀眼的名牌西服，他的昂贵的名表，他的飞驶在悦江也会迎来人们瞩目的名车，他脸上清晰地镌刻着的“成功人士”的字。只是，除了看到林媗十年后再见时的淡淡微笑，他没有看到他所期望看到的林媗的惊喜和敬佩。岁月是那样眷爱她，她还是那样优雅大方，更多了知性成熟美，可惜她不属于他，也许十年前曾经的属于也并没有属于过。

菜是已经点好了的。人齐上桌后，菜式一一端上。全是这家饭店最昂贵的菜，野生灵芝炖鸡汤，脆皮婆参，牛油果官燕……酒是限量版的 Romanee Couti。同学们惊呼，纷纷向高煜表达敬意。见过世面的林媗估算这顿饭下来至少得要两万，虽然她知道今晚这样的场所和这样的排场有着特定的意义，但林媗情愿这样的同学聚会是在一个菜式和价格都适中的普通的、安静的餐馆，大家可以随意聊聊家常、谈谈工作、抒发同学情。

同学们一一向高煜敬酒，高煜爽快接受，一杯一杯干掉，很快就已是面红耳赤，在同学们的鼓动下激动地讲起自己的创业史，引得同学们一片唏嘘赞叹。林媗也认真地听着，并没有发表任何意见，只是不时笑笑。她觉得对面一米多远的他离她很遥远，中间隔着十年荏苒光阴，甚至更远……

终于，成功的企业家再次往杯里倒满酒，在刚才还热闹非凡现在却突然寂静下来的气氛中摇晃着向林媗走来。如果这杯酒能代表什么，林媗希望能代表忘记，她一干而尽。

林媗感到包里的手机震动了一下，打开来看，是方博超的微信“林总同学，现在要是有空，到 beer box 来一下，我明天要出差，想先和你谈一谈外贸部重组的事。” 林媗明白，此约是半谈公事，谈重组可以出差回来谈，方博超想见她才是真，言辞不容拒绝。不过，她此刻真的感谢方大老板的邀约，来得真及时。

林媗以处理紧急公务为由，不顾同学们的极力挽留在高煜深深失望的眼神里提前离席。途中，收到高煜的信息“如果你愿意，我可以多留两天。”这句话对于十年前热恋中的林媗而言是莫大的幸福，而对于现在的林媗而言是来自遥远国度的陌生梵语。她知道她的选择将会改变两个人的至少是生活轨迹。当她决然回复了“NO”后，她明白，她的初恋，她赋予生命第一次的那个人，从此在她心中抹去，成为她笔下的铅字。

往事已成铅，不如此刻去和方博超谈谈公事，也可以调调情，如果她愿意。

第十八章

我要去西藏

六月的最后一天，林媗敲开方博超办公室的门。

方博超端详着林媗明显消瘦苍白的脸，心里无比怜惜。林媗的父亲刚去世，失去父亲的悲恸和最近忙于家事让她身心疲惫。他示意林媗坐下。林媗把两张纸递给方博超，一张是年假申请单，一张是辞职信。方博超听见一个忧伤的声音："我需要半个月时间，我要去西藏。如果不批准，请批准我辞职。"

方博超看了一眼那两张纸，放下，双手肘撑在桌子上，双手交叉紧挨嘴唇，看着林媗，一直没说话。半晌，方博超放平双手肘，拿起辞职信，撕成两半，再对折，撕成四片……最后，他把一叠碎片揉成一团，扔进了垃圾篓里。方博超随即拿起那张年假申请单，在上面刷刷签上了名，递给林媗。

林媗忧伤的大眼睛看着方博超，缓缓地说："我情愿你批准我辞职……"话未完，泪水已从脸颊上滑落。眼下正值生产和销售旺季，她觉得自己实在不应该在此时离开公司那么久去休假，往年她都是分段休假的。可是，她说服不了自己放弃休假，她需要独自远行，她要让心灵休个假，父亲的离世让她久久难以平复心绪。三年前的血泪之约也即将结束，她仍不能决定心之所属。她在极度痛苦中写了那封辞职信。

方博超站起来，走到林媗跟前，向林媗伸出了手，林媗站了起来。方博超轻轻地揽过林媗的肩膀，拍了拍，低声说："去吧，我其实早就想让你去好好休个假的。什么也别想，让自己放松、开心。"接着半认真半开玩笑说，"要是不嫌弃，顺便捎上我吧。"林媗破涕为笑，说："晚了，已经有伴了。"方博超这下认真地说："能告诉我和谁去吗？"林媗严肃地回答："我的灵魂。"

林媗走向门边。方博超等到了那熟悉的回头淡淡一笑。他多么渴望自己的灵魂能和这个女子的灵魂共游。可是，他不能。他隐隐感到，林媗的这次西藏之行，不仅仅是旅行。

林媗一直神往西藏。当这一天终于来临，坐在从悦城开往西宁再转乘拉萨的有氧列车上，五十四个小时，除了睡觉，林媗一直倚坐在窗前，看地质地貌、房屋构造、花草林木、农田作物随着列车由南向北行驶而变化，林媗觉得心也渐行渐远。当列车驰骋在广袤无垠的可可西里时，这片被视为人类的生命禁区的土地在林媗眼里美如天籁、神秘莫测，她的眼睛一刻也不敢离开如梦如画的窗外，她的血液被那片秘境震撼得快要沸腾。也只有林媗这样骨子里渗透着忧伤的血液的人才会觉得可可西里澄澈无瑕的蓝天嵌着一丝淡淡的忧伤……西藏，我来了。

林媗是在网上报名参加了国内一家专做边塞户外游的旅行社组织安排的西藏行。到达拉萨的第一晚，林媗住在市区的一家北京人开的藏家旅社。林媗喜欢和那个豪爽的店主聊天，平时怕狗的她居然也喜欢上了店家那条边境牧羊犬丁丁。丁丁喜欢趴在二楼楼顶上，伸个脑袋看林婠，还喜欢冲林婠叫几声，店主说那表示友好。旅社院落里种了几棵苹果树，林婠喜欢坐在苹果树下的休闲椅上，看房檐上挂着的五彩经幡在拉萨透亮湛蓝的空中飘扬。树上快要熟透欲坠的青苹果让她想起了遥远的大西北和她远逝的童年……

和大部队汇合后的第二天，一行二十几人在领队红颜和藏族导游晋美的带领下在川藏线上行驶四个小时，到达海拔 5013 米的米拉山口。生平第一次来到海拔这么高的地方，林婠并没有因山口的温度低（零下 1 摄氏度）、风势猛烈和空气稀薄而感到不适。她激动地抚摸着刻有海拔高度的石碑，望着深不见底的山渊和缭绕在山腰的云雾，迎着凌厉刚硬的高原山风，感觉像是来到了世界之巅，虽然世界最高峰就在离她不远但又很遥远的山的那一头。

千里外的方博超每天都会发信息询问林婠的情况，他并不担心适应能力超强的林婠，但他还是会担心林婠会受高原反应之苦。林婠在西藏行的第三天，把她在米拉山口石碑旁的照片发给了方博超。方博超这才放下心来，看着傲然站立在海拔 5013 米的米拉山口的林婠，他笑了，在他眼里，世上美女千千万，但没有一个能比得上那样刚毅又那样优雅的林婠。

在遥远的异乡忆起某些人、某些事，品味失落在过往路上的一些细节，让回忆既清晰又遥远，林婠喜欢这样的感觉。很久都没有想起过何逸骁，坐在林芝鲁朗村漫山遍野的花海里，林婠却很自然地想起了他，想起那个曾经深爱过、曾经那样肌肤相亲的人，她心中仍有一丝痛。林婠知道这一丝痛一直深埋在心底，偶尔，在人生的某时某地抚一抚，再深埋回去。她希望何逸骁过得好，更希望他已找到不再让他偏执的人。这些年，林婠已经不再吃鳗鱼饭了，鳗鱼饭的味道已经淡出了她的味觉。

清晨倚立在云雾缭绕的巴松错湖畔，林婠不禁想念起方博超。这些年朝昔相处，荣辱与共，林婠与方博超已成为互相爱慕、互相敬重、高度默契的事业伴侣。而在集睿智与浪漫于一体的方博超心中，无论德才智貌，还是心灵契合，林婠都是他事业和生活伴侣的不二人选。方达极其需要林婠这样的人才，方博超极其需要林婠这样的女人。而林婠，曾多少次在夜里扪心自问，若终将面对抉择，她在收获幸福的同时也终将要为另一个人心伤流泪。不知是巴松错湖上空的云雾打湿了她的眼睛，还是她此刻触景生情，让千里万里外的牵挂迷失了她的眼眸。她想起了那天清晨，她在拥挤的地铁里感到有只手抚在了她的腰间，抬眼遇上了方博超炽热的眼睛和调皮的笑脸……她又想起了雷尼托着她的脸庞，望着她的眼睛，深情地说：“我在布拉格等你……”

那一天，凌晨五点从平措大叔家出发，辗转乘车四个小时，来到被世代藏民尊奉为神湖的纳木错湖。晋美说，纳木错湖区天气瞬息万变，但无论天气如何变幻，都会领略到不一样的纳木错。林婠从不受旅行中天气的影响，真正改变人的心境的不是天气和自然景观，而是心灵。这个海拔 4700 多米的高原咸水湖，一望无际，有着比大海更伟壮的辽阔。那天纳木错斜风冷雨，湖面烟波浩渺。林婠并没有着急赶往湖心区，而是先来到扎西岛入口处的迎宾石前。那是两块高耸入云的巨大石柱，应该是地壳运动后的遗物，藏民们视之为神湖纳木错的门神，也是藏民为生者和逝者祈福的地方。林媗并不信教也不迷信，但来到神湖，她愿以一种最朴素最原始的方式祭奠她刚逝去的父亲。她按照晋美的指示，拿出事先准备好的洁白哈达，捡了一块门神边上的石头，用哈达的一端环包起来，打一个结固定，然后右手拿着另一端用力甩起来，在惯性的作用下把包着石头的哈达甩到门神上，甩得越高越虔诚。第一次，没甩开，还没到门神就掉在地上了。晋美说不够用力，并示范如何用力。林媗背对门神，右腿向后摆动，右脚蹬离地面，左脚掌心着地，背向用力，右手抛出包着的石头摇几圈，最后扔出去。“姿势棒极了，像个铅球运动员，可还是不够用力。” 晋美说，因为还是没甩到门神上，“是不是你不够虔诚啊？心有杂念是做不到的。” 晋美的这句玩笑让林媗的眼泪一下子掉了下来，吓了他一跳。他说：“我来帮你吧。”林媗摇摇头，她深呼吸，站直，闭眼默念几秒，然后还是以刚才的姿势，甩了几圈后，用力抛向门神的顶部。包着石头的洁白哈达在半空中划出一道弧线后，稳稳地落到了石柱顶部下来一个凹陷处，那是门神的肩膀。晋美拍掌称赞：“好，太好了，你甩到了最好的位置上。” 据说，用来祈福的哈达石头如被甩到了门神的肩膀上，被祈福的人将得到神最大的护佑。林媗仍站在原地，一动不动，默默地望着落在门神肩膀上的哈达石块。晋美走上前去，发现林媗泪流满面。这个心细的藏族小伙子明白，她是在思念逝去的亲人。晋美默默地拍拍林媗的肩膀。

在神湖，林媗感到有一股神的力量在牵引着她。她想念父亲，她愿以此种方式、以她最深沉的思念和敬爱祈求神护佑她在天国的父亲。

天空下着细雨，夹杂着湖面飘来的水滴，打在脸上，钻心的冷。纳木错阴冷的盛夏比千里外的悦城的寒冬还冷。林媗伫立在扎西岛暗褐色的岩礁上，用丝巾包着脸，望着浩瀚无边的纳木错湖，湖天一色，在雨雾中，分不清是远处天边的云朵还是湖浪在翻滚。这里，像是世界的尽头。扎西岛，被当地藏民称为爱情岛，是藏族男女青年常来祈求神赐与爱和佑护爱的圣地。林媗张开双臂，闭上眼睛，感知神的牵引。林媗努力让自己放空心思，让心底透彻，让脑里干净。渐渐地，林媗感觉到有张脸在神湖湖面上缓缓升起，开始很模糊，逐渐一点一点地清晰，那张脸很近又很遥远，很清晰又很飘渺，但那双眼睛却越来越清晰，在深沉地看着林媗，眼里还闪着一丝抹不去的忧伤。林媗慢慢睁开眼睛，放下双臂，湖面上有的只是浩渺的烟波和无尽的涟漪。那张脸，那双眼，那丝忧郁其实在她心里，她知道，与其说神在牵引着她，不如说她听到了自己内心最真实的呼唤。三年了，她释然了。

当晚，林媗在酒店发了封电子邮件给在世界那头的他，邮件只有 5 个英文单词：神指引我去布拉格。世界那头的回复也只有 5 个词：一直在等你，神圣的爱。林媗相信，她和这个在世界那头的人是心灵契合的。林媗并没有告诉雷尼她去了西藏，但当林媗把她在西藏拍下的绝美的图片发给雷尼时，这个一直在苦苦等待的斯拉夫男子明白了，也当下释然。只是，三人中，必有人会神伤心碎，那个人仍在苦苦等待上帝的恩赐。

第十九章

Donde Voy

林媗去西藏五天后，方博超应邀赴新加坡参加亚洲青年企业主论坛，这是一个齐聚亚洲青年才俊、分享创业和企业管理、共商新时代企业发展之路、共谋与国际浪潮接轨的论坛， 并实地参观新加坡本地一些优秀企业。作为悦城商会推举的代表， 方博超分享了方达从创立到发展再到寻求新机遇这一路走来的宝贵经验，也从其他亚洲各国企业汲取了宝贵的经验并赢得了共融合作的契机。作为一个年轻企业主，方博超具有远见卓识，他从不闭门造车，经常参加一些有益的行业研讨会、论坛等。

这些天，方博超右眼皮总是无缘无故地跳。人们总说“左眼跳财，右眼跳灾”，他从不迷信，可还是难免心中忐忑。结束论坛后，方博超没有心思领略旖旎的南洋风光，马不停蹄地赶回公司， 他要立刻见到林媗，他要知道与灵魂共游西藏的林媗心之所属。三年之约已到，“入我相思门，知我相思苦，长相思兮长相忆，短相思兮无穷极”，应是三年来方博超对近在咫尺的林媗的最痛彻的相思之苦。

方博超赶回公司时，林媗正在会议室里开部门会议。方博超告诉程可通知林媗开完会后马上到他办公室。

当多日不见的林媗出现在方博超面前时，方博超大吃一惊，林媗那一头飘逸的长发不见了，反而是一头干练时尚的短发。方博超不敢相信自己的眼睛，但他还是很快开起了玩笑：“从雪域高原回来的人都要改头换面吗？”方博超没去过西藏，但有不少神游西藏的朋友回来后好像多少都会有变化，主要是心灵上的。如果非要定义突然把多年的长发剪成了短发的意义，只能说是为了告别过去的一段情感或者一种活着的状态而重新开始。见惯了林媗的一头长发，其实也非常欣赏眼前林媗不俗的短发，但他还是难免心慌，他想，她一定是已经做出了决定。

林媗不喜欢在办公场所谈情感之事。她知道方博超找她没什么要事，便说：“今晚我们去唱歌吧。”方博超觉得自己的小心脏快受不了了，这一长一短，一惊一乍的，但还是无奈地说：“好吧。”可是，他从没听过林媗唱歌。是不是她唱的歌和她的人一样?

晚饭后，他们来到K歌王。偌大的包间就只有他们两个。有种难以名状的感觉在方博超心里搅动。林媗对方博超说：“你先来吧，我听你唱。”她也从没听过方博超唱歌。

方博超先唱了两首德语歌，林媗听不懂，但能感觉到优雅的旋律里的情深意切。唱罢，方博超对林媗做了个请的姿势。坐在角落里的林媗已经喝了两杯红酒，她举着酒杯示意方博超继续。她边喝酒，边欣赏这个风度翩翩的男人。过去几年，林媗与方博超同甘共苦，荣辱与共，她爱他这张俊朗阳光的脸，爱他这副伟岸挺拔的身材，爱他豁达宽广的胸怀，爱他轩昂自若的气度。若没有遇见那双忧郁的眼睛，她会毫不犹豫地选择方博超；若没有遇见这样的方博超，她亦会毫不犹豫地选择雷尼。

可是，当慷慨大方的上帝同时把方博超和雷尼都带到她的面前时，她犹豫了三年，她痛苦了 1095 个日夜。当上帝提醒她三年到了的时候，她选择在神湖纳木错静听心灵的呼唤。当她痛苦地做出选择时，她唯能以这样的方式与爱诀别。

林婠喜欢在微醺的状态下表达心底最真实的感受。她走到方博超面前，轻轻拥抱他，把一个轻轻的吻落在他脸上，拿过他手里的麦克风，说："这首歌，献给你。"方博超心里一颤，明晰其意。他坐到了林婠刚才坐的位置上，举起了林婠没喝完的酒杯。

一段淡淡的忧伤的旋律后，响起了林婠的歌声。果然歌如其人，方博超闭上了眼睛，心随林婠飘渺、悠远、忧伤、深情的歌声飘远……

All alone I have started my journey

我总是一人孤单前行

To the darkness of the darkness I go

一路向着黑暗里的黑暗走去

With a reason, I stopped for a moment

只因某种原因暂缓脚步

In this world full of pleasure so frail

在这满是短暂欢乐的人世稍作停留

Town after town on I travel

我一城一城地走

Pass through faces I know and know not

穿过一张又一张知名或不知名的脸

Like a bird in flight, sometimes I topple

如同飞鸟 偶有失速

Time and time again, just farewells

一次又一次，只有离别

Donde voy, donde voy

我要何去何从，何去何从

Day by day, my story unfolds

岁月流逝，我的故事一页页展开

Solo estoy, solo estoy

我好孤独，好孤独

All alone as the day I was born

正如我孤独一个地来到这个世界

Till your eyes rest in mine, I shall wander

若不是你的眼神将我牵缚

No more darkness I know and know not

我还将在无边的黑暗里驻足

For your sweetness I traded my freedom

为了你的柔情，我放弃了自由

Not knowing a farewell awaits

哪知却换来另一场别离

You know, hearts can be repeatedly broken

你可知心也会被一再伤害

Making room for the harrows to come

只为容纳更多痛楚

Along with my sorrows I buried

如今 连同我的忧伤 我葬下——

My tears, my smile, your name

我的眼泪，我的微笑，你的名字

Donde voy, donde voy

我要去远方，去远方

Songs of love tales I sing of no more

爱情的旋律我已不知从何唱吟

Solo estoy, solo estoy

我好孤独，好孤独

Once again with my shadows I roam

我与我的影子又一次开始孤独徘徊

Donde voy, donde voy
我要去远方，去远方
All alone as the day I was born
就如同出生那日一样无助
Solo estoy, solo estoy
我好孤独，好孤独
Still alone with my shadows I roam
我依然形单影只 孤独徘徊

Day by day, my story unfolds
岁月流逝，我的故事一页页展开
Solo estoy , solo estoy
我好孤独，好孤独
All alone as the day I was born
就如同出生那日一样无助
Till your eyes rest in mine, I shall wander
如不是你的眼神将我牵缚
No more darkness I know and know not
我还将继续在无边的黑暗中驻足

For your sweetness I traded my freedom

为了你的柔情，我牺牲自由

Not knowing a farewell awaits

却哪知只换来又一场别离

You know, hearts can be repeatedly broken

你可知心也会被一再伤害

Making room for the harrows to come

只为容纳更多的痛楚

Along with my sorrows I buried ... My tears ,my smile ,your name

我的眼泪、我的笑还有你的名字将与悲伤同埋

Donde voy, donde voy

我要去远方，去远方

Songs of love tales I sing of no more

爱情的旋律我已不知从何唱吟

Solo estoy, solo estoy

我好孤独，好孤独

Once again with my shadows I roam

我与我的影子又一次开始孤独徘徊

Donde voy, donde voy

我要去远方，去远方

All alone as the day I was born

就如同出生那日一样无助

Solo estoy, solo estoy

我好孤独，好孤独

Still alone with my shadows I roam

我还是形单影只，孤独徘徊

这是一支有着西班牙语歌名的英文歌《Donde Voy》（《去远方》）。旋律忧伤，歌词凄美，是林媗最爱唱的歌。

林媗与方博超的分别，没有说一字一句离字别语，林媗对方博超所有的爱、忧伤和别离都在歌里，句句伤情，声声蚀骨。她一遍一遍地唱，那样忘情，方博超一遍一遍地听，那样心碎。在林媗的歌声里，方博超模糊的视线里，他爱的人越来越远……

第二十章

相逢布拉格

凤城的夜晚。正在灯下备课的章梅梓听见手机响了，是林媗。这么晚了，这家伙是不是又有什么事了？

电话那头是林媗幽幽的声音："我辞职了。"

果不其然，章梅梓没猜错，她太了解这个闺密了， 也太熟悉她的永不停歇的折腾了。她放下笔，说："哎呦，你多大了？还在折腾？"这么说着，其实她心底一直挺佩服林媗的胆识，也只有她这个勇猛的老娘们儿才够胆这么折腾。兢兢业业、本本分分教书育人这么多年，一直循规蹈矩，风平浪静，有时她也很羡慕林媗那绚丽多彩又惊涛骇浪的职场生涯。章梅梓接着问："跳槽了？找好下家了？"

那边林媗依然是幽幽的声音："没有。"

章梅梓猛地意识到了什么，忙问："是因为方博超吗？"

电话那头停顿了一会，紧接着林媗回答："是，也不是。"

章梅梓一直跟林媗说她非常看好方博超，年轻有为，高大帅气，家庭背景好，关键是人家比林媗年龄小却那么死心塌地地追求了她三年。真搞不懂林媗是怎么想的，要换做是别人，就别说是别人，换做是我吧，早就上了，当然也别那么难听， 早就从了。

章梅梓正要问林媗辞了职后上哪喝西北风去，要不先到凤城来玩几天，也有好些日子没见面了，却听见电话那头林媗在说："我要去布拉格了，后天。"

章梅梓的手机差点掉下来。得，还没完，刺激的还在后头，辞职，不接受高富帅方博超，去布拉格寻找爱情。章梅梓知道，林媗是个爱情至上的人，她要去布拉格寻找那双忧郁的眼睛。

良久，章梅梓问："丫头，想好了吗？"她知道这是明知故问。林媗没有回答。每次章梅梓叫她丫头的时候，她都想哭。她又想起了四年前的那个清晨章梅梓不顾一切地从凤城赶到悦城陪伴失恋受伤的她。

章梅梓想起了什么，忙问："方博超知道你要去布拉格吗？雷尼知道吗？"

林媗淡淡地说："方博超知道，雷尼知道我要去布拉格，但不知道哪天。"

章梅梓叫起来："你疯了！大老远去寻找爱情，竟然不告诉人家！"虽然章梅梓很了解林媗的行事风格，但像这种情况，她还是不赞成。

接下来林媗的回答让章梅梓彻底无语："他会感知我的到来。"

在章梅梓的强烈要求下，林媗把雷尼的联系方式告诉了她，但让章梅梓答应她，除非联系不到自己，她再去联系雷尼。章梅梓哭笑不得，本来很浪漫的嘛，两人约好时间见面多好，非要搞得幽幽戚戚、神神秘秘。嗯，不过，她要是什么事情都简单直接，她就不是林媗，也许早就答应人家方博超了。谁叫她脑袋永远少根筋呢，一辈子就这么矫情吧。

四年，布拉格没有变，林媗变了。四年前，布拉格在林媗眼中，是异国他乡，那次的公差仅是客经异国，那次的公差不仅在捷克人面前展示了中国女子和中国文化的魅力，她也把心留在了布拉格，雷尼那双忧郁的眼睛在她心底藏了四年。再到布拉格，是为爱情。从她踏入布拉格的土地开始，布拉格于她而言，有了归属感。

之所以不告诉雷尼她来了，林媗想先自己好好地看看布拉格，她要先了解她爱的人的城市和国家。这就是林媗永远与众不同的地方。想别人想不到的方法，做别人做不到的事情，美貌与智慧兼具，浪漫与刚强并重，独立自强，刚柔并济，淡然、超然。这，就是方博超和雷尼为之痴痴等待的原因。

其实在林媗飞往布拉格途中，极度痛苦的方博超还是忍痛发信息告知雷尼："她去找你了，捷克时间 4 月 8 号早上 8：55 分到达。哥们儿，不容易，珍惜她！"雷尼回复："我们还是永远的哥们儿。"方博超："当然！"上帝真好，安排这样两位优秀的男人出现在林媗的生命里。在那天，告诉他林媗行踪的除了方博超，还有章梅梓。

雷尼还是像四年前那样，穿戴庄重地来到机场等待，只是他坐在旅客出口处对面的一个咖啡馆里，边看报纸边等待。当那个让他魂牵梦绕的中国女子终于出现在人群中时，雷尼的心狂跳不已，他恨不得直奔过去，揽她入怀，深情长吻，但他明白并尊重林媗到了布拉格却先不与他见面，他就这样远远地看着他爱的人走出来，问了机场工作人员，一直向的士停靠站走去。一年不见，她那时尚张扬的短发让雷尼愈发为之倾倒。耳垂上闪闪发亮的波希米亚耳环，让雷尼心醉。他不会去接林媗，但他会跟着她，他要确保她的安全。他对这个中国女子除了爱，还有敬佩，敬佩她能有这样的胆识。上帝送了位中国天使给他，他将不负上帝之托。

雷尼见林媗上了一辆的士，便跟上去，一直开到位于查理大桥旁的坎帕岛上的尤兹拉提努泽克酒店。雷尼笑了：真会找地方。这个酒店每个房间都有独立的观景阳台，在阳台上开窗可见伏尔塔瓦河，出行很方便。雷尼把车停在酒店斜对面的街角，看着林媗进了酒店，便坐在车里等，估计一时半会儿没那么快出来，便拿出准备好的三明治吃起来。为了赶上林媗的脚步，为了不落下，雷尼准备好了足够一天的吃喝放在车上。林媗出来的时间比雷尼预计的要短，就是收拾行装，洗漱了一番。她换了件黑色的齐膝风衣，黑色窄脚裤子，头戴赭红色的圆顶帽子，帽子的右边有个蝴蝶结，脚踏黑色软底步行鞋，肩背红色背囊，还戴了副黑边墨镜。太有品位的装束！雷尼心底有 100 个赞。几年前的第一次遇见，林媗每天的装扮都像是一场时装秀，尤其是穿旗袍讲演的那天，他一辈子难忘。雷尼是个对衣着极有品位的男人，如果四年前爱上了林媗，除了林媗的与众不同的气质和让人倾倒的那场谈判，还有她独特的衣着品位。美女不少见，但像林媗这样高素质有品位的却不多见，见了就没办法忘记，相遇了就要抓住机会。雷尼此刻感激自己的执着。

林媗在酒店旁边的餐馆吃了饭便径直朝查理大桥的方向走去。雷尼停好车，下车跟了过去。林媗没有直接上查理大桥，而是转而步入伏尔塔瓦河畔的步行小径，慢悠悠地走着。林媗坐在沿河道的木椅上，闭上眼睛，任春日正午的阳光暖暖地照在身上和脸上。几十米远外的雷尼拍下了中国女子沐浴在伏尔塔瓦河畔的阳光下的旖旎风光。

此刻的林媗就这样静静地看着洒满阳光的伏尔塔瓦河，看着远处近处蜿蜒如彩带的连接布拉格新旧城的众多桥梁，欣赏着河对岸那一片红瓦黄墙房屋在水光潋滟辉映下如海市蜃楼，感受着这座欧洲最美城市的魅力。这就是在《生命不能承受之轻》中，米兰·昆德拉笔下的布拉格的大动脉。许多年前，捷克作曲家或许就是经常在河畔聆听河水呢喃，才创作出了那首著名的交响乐章《伏尔塔瓦河》。

半个时辰后，林媗走向查理大桥。四年来，林媗无数次在脑海中浮现查理大桥的情景，想起那个下雨的下午她徘徊在查理大桥如何第一次感受这座城市的忧伤。而现在，再次徜徉在美丽忧伤的查理大桥，她的心是绚丽的，因为她在感受她爱的人的祖国，他的城市。她的心里荡漾起《伏尔塔瓦河》的旋律，那是雷尼的心跳；她的眼里满是弥漫在这座捷克人的母亲河上下深厚的历史底蕴和艺术风情，那是雷尼的灵魂；她的心里满是对查理大桥所给浪漫爱国情怀的人的忧伤，那是雷尼的眼睛。在桥对面，雷尼专注地看着这个在用灵魂感受他的祖国他的城市的中国女子，拍下了沉醉在查理大桥上林媗柔美的身姿和沉醉的脸庞。感受着她的感受。

一定是被林媗的深情所感动，她久久驻足眺望伏尔塔瓦河的时候，回头见身后一位正在桥上的画家正在画她，便朝他淡淡一笑，继续让心回荡在伏尔塔瓦河上。对面的雷尼拍摄下了这动人的一幕。不知过了多久，林媗转过身来，向画家走去，递给画家10欧元纸币，画家摇摇头，表示不收，却把画送给了林媗。

林媗在暮色中回到酒店。在街角的雷尼朝闪过林媗的那扇橘色灯光的房间送了个飞吻，心里念到：亲爱的，晚安，明天见。

第二天天刚亮，雷尼赶到酒店，见林媗的房间窗户紧闭，心想林媗应该不会那么早出门吧，但还是走进前台问那个中国女子出门了没有，前台好奇地看看他说："早就出去了，还问我旧城广场怎么去。"

雷尼赶紧直奔旧城广场，但开车绕广场两周都未见林媗的身影。雷尼寻思：她应该会经过查理大桥。雷尼把车停好，找了个隐蔽的但能看到从查理大桥穿过来的那条街口的位置坐下来，决定在这里等林媗。雷尼穿着高领风衣，戴着墨镜。

林媗其实此时正走在晨曦中的查理大桥上。她觉得，查理大桥值得在任何时间、任何天气下深情走过。她在寂静的晨曦中感受伏尔塔瓦河的脉动。走过查理大桥，在桥下的一家餐馆吃了早餐，林媗便走向旧城广场。

她来了。朝霞中的林媗出现在街口，向广场中央款款走来。雷尼看不清她齐踝的黑色风衣里面穿着的是什么，但他敢确定她穿的应该是旗袍，这身打扮和那年那个春日几乎毫无二致，只是她领口的丝巾是紫色的，戴了顶有紫色绲边的黑色丝绒帽子，穿着中跟的绊扣软底黑皮鞋。两耳那对波希米亚水晶耳环在朝霞中随着她轻盈的步伐而摇曳闪亮。雷尼的心突然狂跳了起来，他把手中的报纸举高了一点。

林媗走到广场中心休息区距离雷尼约十几米远的一张椅子上坐下来，刚好背对着雷尼。

林媗静静地坐在那里，端详着这个被誉为布拉格的心脏的广场的每一个优雅的角落、每一栋有故事的建筑，看着形形色色人来人往，感受布拉格心脏的清晨。十几米外的捷克人雷尼在端详着这个在端详着他的城市的中国女子。

九点差十分的时候，林媗站了起来，向古钟楼方向走去。雷尼知道，她应该是要去听古钟楼的正点钟声。他跟了上去。

林媗站在慕钟而来的人群后面，静等。这个城市几乎每一幢建筑都深深镌刻着忧伤的烙印。钟声响起，人群寂静。一下，一下，悠远而绵长，哀怨而深情，林媗目不转睛地凝视着随钟声敲响而转动的那两个小木人，似乎时光流转到五百多年前的中世纪……

听着古钟楼钟声长大的雷尼此刻也忘情于悠远的钟声。今天的钟声因前面这位中国女子的深情而更悠远。

钟声响毕，林媗向钟楼对面的古巷走去。在雷尼眼里，在他的城市里的这条古街上悠然走着这样一位异国女子，简直就是一幅绝美的油画。

林媗并无目的，只是随意行走在布拉格的街上，看芸芸众生，看人来人往，感受她爱的人的城市的生活气息。

林媗的这一天穿行于布拉格的古老街道，感触布拉格的心脏的跳动。傍晚，雷尼开车跟随林媗坐的的士到了路特夫斯卡大街的黑光剧场。黑光剧，是忧伤的捷克人巧妙地运用光影、舞美、音效等的形式来表达心灵深处对祖国、民族的深切热爱、对历史的悲情回忆、对悲欢离合的深情感悟、对生死舍得的思悟。一位身着旗袍的中国女子静静地坐在那里，专注地欣赏着如梦如幻的黑光剧，任由四周斯拉夫人好奇的眼光洒落在一身优雅的旗袍上和那张雅致的脸庞上。在离她几米远的左侧，一双斯拉夫深情的眼眸一刻也没离开过她。如果捷克民族特有的黑光剧感染了林媗，那么，深情沉醉在幽幻的光影中、凄美的歌声里、悠远的旁白中的林媗感动了雷尼。雷尼彻底被这个中国女子征服。

从克鲁姆洛夫小镇返回，林媗乘坐的的士并没有往酒店方向走，而是开到了普拉斯卡大街的 Café Lounge 门口。这些天来，雷尼越发感到这个中国女子就好像在自己的家乡那样熟悉、那样深情。林媗径直走向咖啡馆外面的露天花园，在角落里一个鲜花簇拥的座位坐下来，点了杯咖啡，边喝着边拿出手机。该是向心爱的人告白的时候了。

在林媗跟服务员寒暄的当儿，雷尼闪进了咖啡馆，他在靠窗边的位子坐下，可以看到窗外斜对面的林媗。

林媗刚打好“你的祖国让我如此感动，请来接我吧，Café Lounge”的字还没来得及发出去，手机的信息接收音就响了，是雷尼，他发来几张照片：林媗沐浴在阳光下的伏尔塔瓦河畔，林媗沉醉在查理大桥，林媗沉思在黑光剧的剧情中，照片之后，是一句话：我一直都在你身边。亲爱的，跟我回家吧。

林媗猛地抬起头，看空无一人的 Café Lounge 露天花园，再转眼看 Café Lounge 里面，看到了她斜对面的室内的靠窗位上，一个捷克男子正隔窗深情地看着她，那是一双她永远也不能忘记的眼睛，那是一双让她随心灵从万里外追随而来的眼睛，是雷尼。原来，他一直都在她身边。

林媗站起来，不顾一切地向 Café Lounge 正门奔去，而雷尼已经走到门口，两人同时走到正门口，同时张开双臂，紧紧相拥，深情对视，无语，热烈拥吻，久久不愿松开。Café Lounge 里外响起了热烈的掌声。人们被这对异国情侣深深感动。

布拉格的春天，阳光真好，时光正美，适合久别相爱的人重逢。

梦醒了，春还在，阳光还好，只是相逢却待明天。

第二十一章

总有人要离开

多情自古伤离别。

很久以前，林媗绝然离开美好的初恋，开启她日后人生的绚烂之旅。她的离开，必然造成另一个人的悲伤，但这并无对错，总有人的初恋要被无情地画上句号。即便是多年后偶遇初恋，即便他仍痴情默守，也因岁月无情而人亦无情。也许是林媗绝情，但于她而言，离开了就离开了，这许多年的人生积淀让她没有回头的理由。

林媗至今仍认为，除了“第一次”，何逸骁几乎是完美的。可正是那要命的“第一次”，林媗必须离开。她不是圣人，她不知道如若坚守，是否能最终改变他，但她的离开确实是最好的改变。也许正是她的离开，让他痛悟，才会有了多年后在人海相遇时的相视一笑。

人们有时候会不自觉地把人生路上的巧遇或巧合归结于上天的安排。你不得不相信，世间的人与事，似乎总有上帝之手在为你安排。那年，那个寒冷的冬天，如果没有“老娘不干了！”，便没有林媗和方博超的相遇，也就没有林媗眼中的布拉格那双眼。一切，源于林媗的随性，她的率真。她愤然辞职后，遇到的人不是别人，偏偏是与她一样随性率真的方博超。于是，便有了方博超弃万人众迷而唯林媗不娶的悲壮。

那年，范书瑶和陈文昇的离开，是为了保存最后的体面和尊严。彼时，离开，是最好的选择。林媗对于他们的离开表达了最大的宽容和祝福，纵使多年后江湖相见，林媗的冷艳相视和优雅转身，是不如相忘于江湖的最好解读。

从那年的三年之约起，林媗离开方博超和雷尼，是身体的离开，其实心一刻也没离开过。身体的离开，是为了三年后心系得更紧，不管是和方博超还是和雷尼。也许你会说，三年，那怎么可能？谁做得到！是啊，你做不到，总有人做到了。只是，即便有人做到了，也要面临离别的残酷。

人生至此，林媗第一次面对亲人的离去，是眼睁睁看着父亲离去，撕心裂肺。这是林媗第一次感受失去至亲的痛彻，也是第一次对失去有如此痛至血骨的感觉，也由此她更深地领悟人生，开始思考生命的消亡……

林媗听从心的呼唤，痛别方博超，远赴布拉格，去追寻一直藏在心底里的那双忧郁的眼睛。林媗对方博超的离别，没有半个字和离别有关，而是一首忧伤的情歌……命运就是这样爱和有情人开玩笑。就在近在咫尺的林媗和雷尼相逢在即时，一个越洋电话就可以改变一个人的决定，也改变了几个人的命运。马上就要与忧伤的眼睛相逢的林媗转身痛别布拉格，回程万里，去奔赴另一场相逢，那静躺在重症监护室里、生死未卜的方博超。也许，你说，若选择布拉格亦问心无愧，可是，林媗做出了那样的选择，因为她是林媗。何谓相见不如不见，有情何似无情啊！

人们看到的总是林媗离别时的淡定，却只有她自己才深悟离别的痛楚，也只有她自己才知道，唯有转身，才能看见， 离别，是为了更好地相逢。

相逢和离别，相应相随，无时不在奏响着人生的主旋律。

生命至此，回顾身后的一次又一次离开，有的离开，回忆起来已无感觉，好像是别人的故事而与己无关；有的离开，惊艳了别人的眼，伤了别人的心。每一次离开，林媗都不曾后悔，因为，总有人要离开。

第二十二章

魂梦与君同

第五天，晨曦微露，雷尼已等候在酒店对面的街角，他尝试站在林媗的角度想她今天会去什么地方。有一个地方立刻跃然在心头，对，她今天一定会去布拉格城堡，那里有布拉格画廊、圣维特大教堂、圣乔治教堂、旧皇宫，还有黄金巷，那里可以俯瞰布拉格旧城美景。雷尼也非常喜欢这片代表布拉格历史和记忆的区域。今天，他随林媗魂游布拉格城堡后，他要向林媗庄重表白。该是情之所归的时候了。

雷尼不禁打了个小盹，起得太早了，但马上又清醒过来，看看手表，已是早上七点四十五分。这几天在这个时候，林媗早就出门了。也许是累了，今天可能晚一点出门。又等了一刻钟后，雷尼觉得不大对劲，他下了车，走进酒店前台询问。当前台服务员告诉他那位美丽的中国女子已于凌晨五点退房离开酒店并帮她叫了出租车去机场时，雷尼几乎晕厥。

没有任何迹象表明不远万里、为爱而来的林媗会在一夜之间消失在他的视线里。这些天他与她紧紧相随，马上就要团聚了，她却像风一样又飘走了。雷尼突然觉得他好像做了一个梦。梦醒了，爱的人不见了。

当雷尼还处在一种极度复杂的情绪之中，深深的不解、失望、难过和悔恨（他后悔没有早点把林媗接回家）时，他收到了微信信息，是她。

林媗的信息对他的震惊不亚于他刚才得知林媗回中国了。

此时，林媗已在蓝天翱翔，她在登机前发了一条微信信息给雷尼，还没写完，泪水已经打湿屏幕。她的确今天计划去布拉格城堡。然而，她始终不知道，雷尼其实一直都在她身边。几天前，她为爱来到布拉格，为爱魂游布拉格，为爱感受她爱的人的祖国。而现在，她在焦虑不安中离开布拉格，离开她爱的人的祖国，一切，都像梦……

当林媗在夜幕中回到酒店，平躺在床上想着明天的安排时，突然手机响起。这些天没有人打过她的手机，会是谁呢？

当看到手机上显示张琳娅的名字时，林媗心里咯噔了一下：一直以来，除了上班时间，张琳娅几乎从来没打过电话给她，更何况现在她已离开方达、为爱情来到布拉格。难道出什么事了？是不是方博超……

北京时间与布拉格时间相差七小时。此时，悦城应该是中午十二点，方达下班午休时间。电话那头的张琳娅说话没有了平时的快言快语，她的语调里满是犹豫和焦虑："林媗……，也许，我不该打电话给你……，但是，我还是忍不住打了……"

林媗心跳加快，她确定，一定是方博超出什么事了。那天，当林媗把让方博超心碎的签名的辞职信递交给张琳娅时，张琳娅几乎没有看林媗。她实在搞不懂这个比表弟大几岁的女人竟然让表弟痴迷到为她等待三年却最后弃他而去。林媗打断电话里话不成句的张琳娅，急忙问："是不是方博超出什么事了？" 那头张琳娅眼泪已经掉下来，心里想：你这么牵挂他，为什么又那么狠心离开他……

张琳娅在电话里断断续续地告诉林媗的消息让林媗顿时头晕目眩，心狂跳的速度几乎要蹦出来。方博超确实出事了。林媗走后，方博超沉默寡言，几乎不来公司，白天泡在工厂，晚上回家。前天夜晚，方博超在返家途中，也许是劳累过度，也许是伤痛难却，竟然在十字路口闯红灯撞到一辆正常行驶的大货车。当方博超从几乎被压扁的车里救出来的时候，已经血肉模糊，没有了知觉，心跳微弱。从出事到现在，已经三天了，躺在 ICU 里的方博超一直没有醒过。

虽然是出于私心，在犹豫再三后最终还是打了这个电话，但当张琳娅听到了林媗的哽咽的声音，她又有点内疚，她觉得自己不应该打扰幸福中的林媗。这几天里，她看着 ICU 里昏迷不醒的方博超，揪心地痛，她决定打电话给林媗，出于私心，她心里怀着百分之一的希望，希望林媗能回来看看方博超，也许，也许她能唤醒方博超。她在林媗的哽咽中挂了电话。

林媗觉得天昏地暗，泪如雨下，满面是水，不知是汗还是泪，满脑子都是方博超在 ICU 里口插呼吸机的画面。不，不，这不是真的！她拼命捶打自己的头。切肤之痛让她突然清醒下来，她停下来，极力让自己冷静下来。

她以为她选择了雷尼并为他而来能让她的心灵寻得归属，她以为她离开方博超后就能够渐渐淡忘他，却未料现在依然为他撕心裂肺地心痛。

林媗泪眼模糊地看看四周，这是在布拉格，雷尼的祖国捷克，是她舍方博超而去的地方，是上帝指引她来的地方。上帝跟她开了个这么大的玩笑，让前一刻还满怀幸福的她一下子跌入了万丈深渊，无以自拔。

盛夏，西藏，在神湖纳木错，林媗庄严地闭上双眼，她感到湖面上缓缓升起的那张渐渐清晰的脸，是她将要为爱而去的人，万里外的雷尼。初春，布拉格，在忧伤的伏尔塔瓦河畔，林媗痛苦地闭上眼睛，满脑子都是静静躺在 ICU 里的那个人，万里外的方博超。

就这样，哭着，痛着，不知过了多久，林媗突然站起来，看看时间，是布拉格时间晚上九点。她迅速去洗漱间洗了下脸，顿时清醒了许多。接着，她在网上订了第二天由布拉格飞往香港的最早航班，然后，迅速收拾行李。忙完这一切，她坐在床边，再次想起雷尼，但很快脑中的画面立刻又切换到 ICU 里的方博超……这样反复着，她觉得自己几近崩溃但内心的向往和抉择更加清晰。

布拉格无眠夜。一个中国女子彻夜泪流心痛。

凌晨五点，林媗拖着行李走进暮色仍浓的布拉格之晨。车离布拉格市区越来越远。林媗闭上眼睛，不敢看窗外。她离雷尼越来越远……

当飞机腾空飞离的一刹那，林媗的泪水再次夺眶而出，别了，布拉格，别了，雷尼，别了，那双忧郁的眼睛……林媗不知道，此刻，雷尼正在酒店外的街角等待她的出现。

飞机上的林媗没有理会空乘的疑惑，叫了七八杯红酒，直到昏昏睡去。她要强迫自己睡个觉，以便能有充足的精力回到悦城面对一切。

当风尘仆仆的林媗赶到悦城人民医院的 ICU 探视区时，正遇见张琳娅和方博超的亲属在等候探视时间。张琳娅万分震惊，她在一天前打的那个电话，心里只报一丝的希望，没想到这个情意深重的女子竟然在这么快的时间里赶回国！看着脸上满是憔悴和疲惫的林媗，张琳娅激动得半天说不出话来，继而紧紧拥抱林媗。

张琳娅把林媗介绍给方博超的亲属。方博超的父母温和慈祥，微笑着看着这个让他们的宝贝儿子三年不论婚嫁的女子，果然气质非凡，言行优雅，双眼散发着睿智的光芒。而林媗对这一对身处逆境中的老人表现出来的乐观开朗由衷敬佩。第一次见面，虽然是在这样的一个场合，双方却对彼此都心生好感。

很快，到了探视时间。医生把探视人分为两组，每组只有十分钟时间，穿戴防护帽服和口罩。林媗和张琳娅及方博超父母一组。林媗生平第一次进入幽静神秘、一尘不染的ICU病房，当被医生领到方博超的病床前，看到全身插满管子的方博超静静地躺在病床上，床边的仪器闪着起伏的线条和看不懂的文字，林媗有种恍如隔世的感觉。临别前的方博超和往常一样，健朗、阳光，虽然也悲伤无奈，而再见方博超，竟然是在医院的重症室里。林媗泪如泉涌。

方博超的父母站在床的两侧，他们的眼里没有泪水，脸上没有悲伤，只是轻轻抚摸着爱子的手，俯身看着爱子的脸。林媗为之动容。

当林媗拿起方博超那毫无知觉的手贴在自己的脸颊时，林媗听见自己心里有个声音在呐喊：方博超，我回来了，再也不离开你……

探视时间过后，林媗和张琳娅一起回公司，在路上商量着公司的事情。她们决定封锁方博超出车祸病重的消息，对内外告知方博超到国外出差了。林媗继续统领外贸工作和其他事务。

于是，林媗每天早上准时去医院探视方博超，然后回公司上班，有时去工厂，起早贪黑，几乎处于一种亢奋状态。她意念深重：一定要让方博超醒过来。当时间只属于她一个人的夜阑人静时，她想起雷尼和他们擦肩而过的相逢，撕裂心痛，但很快又被现实无情淹没。从她在布拉格接到张琳娅的电话起，她的心就只属于方博超，不管他还能不能醒来……

半个月后，方博超心跳和呼吸正常，病情稳定，被转到普通病房，虽然有护工照料，但林媗每天早晚都来到病房，用热水为方博超擦脸、手、脚和背，为他按摩，在他耳边播放音乐，和他讲话，不管他听不听得见，而白天在公司和工厂忙碌。人在有所期待的时候，一切的劳累都不是劳累。林媗相信方博超一定会醒来，她放弃了与雷尼的相逢，为他而来，他一定知道的，他只是在耍耍小性子，他只是想多休息一会儿，他只是想多享受一下这样被自己爱的女人照料……

林媗清楚地记得，在方博超转到普通病房的第十九天清晨，当她用热毛巾擦他的手时，她看到方博超的右手抬了一下又放了下来，她惊喜地叫来医生。医生告诉她，像方博超这样的昏迷状态，其实是有潜在意识的，如能得到亲人的细心照料和关爱，能苏醒的可能性很大，他肯定了林媗日复一日的细心照料并鼓励她继续以爱唤醒病人。这让林媗信心倍增。

从不把悲伤挂在脸上的方博超的家人，被林媗的情深义重和不离不弃感动落泪。

方博超被转到普通病房的第二十天的晚上，林媗坐在方博超的病床前，右手握着方博超的左手，左手拿着书，正深情地为昏迷中的方博超朗读散文。门外，风尘仆仆的雷尼看着眼前动人的一幕，眼泪不禁滑落……

……

5 月 13 日，右手抬起

5 月 18 日，嘴唇微张

5 月 24 日，转头

5 月 27 日，听音乐时微笑

5 月 30 日，眼睛微微睁开

6 月 2 日，左手轻轻摸了我的手

6 月 5 日，翻了一下身

6 月 7 日，睁开眼睛，看我，微笑

6 月 8 日，叫我的名字

6 月 9 日，张开双臂拥抱我，亲我的脸

……

林媗记录了方博超每日、每一个细微的变化，娟秀的字迹上印着斑驳的泪痕。

6 月 11 日清晨，林媗像往常一样来到病房，赫然看见方博超已经在

护工的搀扶下坐了起来并倚靠在床头，背后垫着枕头。她欣喜万分，站在门口，不敢相信这是真的。护工告诉她，其实那两天她回去上班的时候，方博超示意他帮他扶起来，练习坐，在医生的指导下，还逐步练习了手脚动作。

方博超坐在床边，向林媗张开双臂。林媗按捺不住惊喜和激动，冲过来，紧紧抱着方博超，喜极而泣。她听见方博超轻微的声音在她耳边："生日快乐！我爱你。" 林媗猛然抬头，看了看床对面墙上的挂历。她竟然忘了，而刚刚苏醒的方博超却依然记得！

那一天，林媗没有上班，整日在病房陪着方博超，陪他讲话，陪他练习，陪他梳理记忆……如果说这个情深义重的女子的感化让方博超苏醒，那么这个情深义重的男子的劫后重生的深情亦让林媗重生……

一年后，方博超和林媗举行了盛大的婚礼。雷尼专程远道而来参加婚礼，这世上有两个人值得他终身珍视。这世上除了爱情，还有比爱情更高尚的东西。

场景后记

方博超身体恢复后的一天晚上，与林媗深情拥吻。他们同时想起了三年前的那次热吻如隔了一百年那么遥远。方博超的手停顿在三年前的同一个位置上，在林媗的耳边呢喃："暂停了三年，终于可以继续。"林媗娇嗔，揪方博超的耳朵……

在方博超和林媗的盛大婚礼上，林媗那热情奔放的伴娘珊妮对雷尼一见倾心，在方博超和林媗的鼓励下，立即对雷尼展开了热烈的追求，这一追就追到了布拉格。两人很快坠入爱河，不久也喜结连理。

徐敏钰和盛婕各自携男友参加方博超和林媗的婚礼。徐敏钰与风度翩翩的男友含情相望。盛婕挽着谈鸿斌的手臂，一脸娇羞样。

在年会颁奖典礼上。肖芷卉手捧鲜花、奖状和奖金，激动得语无伦次："感谢方达这个和谐的大家庭让我健康成长，感谢我那一身正气、光明磊落的姐，没有姐的影响和栽培，我仍然还是一个苦菜鸟。"大家都知道姐是谁。

方达更改公司名为“方林贸易股份有限公司”，并在香港上市。

仲春湖畔，林媗和章梅梓两家人在露营野炊。章梅梓十岁的儿子阳阳和林媗刚满三岁的女儿娉婷在草地上放风筝。方博超和章楚塬在钓鱼。章梅梓摸摸林媗那六个月的孕肚，说：“真好，看你之前比谁都折腾，现在比谁都幸福，还赶上二胎，呵呵。”

林媗一家四口走进儿童商场，准备为孩子们买衣服，迎面碰上怀抱孩子、旁边依着太太的何逸骁。林媗与何逸骁相视一笑，各自消失在人海中……

林媗作为悦城对外贸易风云人物，积极维护国家和公司利益与形象，在对外贸易国际舞台上展现中国人的自信和能力，为悦城对外贸易做出卓越的贡献，被授予“悦城对外贸易卓越贡献奖”，并荣登年度“悦城对外贸易风云人物”榜首。